여자에게 어울리는 장르,
추리소설

여자에게 어울리는 장르, 추리소설

김용언

시체가 아닌 탐정이 되기로 한 여자들

메멘토문고 나의독법

초등학교 3, 4학년 시절 어린이용 추리소설 문고본을 통해 미스터리에 입문했다. 코넬 울리치의 숨 막히는 누아르와 코넌 도일의 '셜록 홈스' 시리즈, 모리스 르블랑의 '아르센 뤼팽' 시리즈, 애거서 크리스티의 '에르퀼 푸아로' 시리즈로 이어지는, 미스터리 입문기의 나름 정석에 해당하는 코스를 밟아왔다.

　문제는 그다음부터였다. 누구나 고전이자 걸작으로 인정하는 작품들을 거쳐 점차 현대로 옮겨오면서 여전히 장르 내에서 인정받는 좋은 작품을 읽고 싶다는 욕심이 컸지만, 어떤 작가를 눈여겨봐야 하는지 알지 못했다. 2000년대까지도 한국에서는 미스터리에 대한 유용한 입문서를 찾아보기 힘들었고, 이 장르에 대해 하나부터 열까지 알려줄 수 있는 척척박사 친구가 있는 것도 아니었다. 그저 어떤 영화가 개봉했는데 원작 소설이 좋다고 하더라, 라는 정보를 얻게 되면 뒤늦게 원작을 찾아 읽고, 해당 작가의 다른 작품들도 번역되었는지 뒤져보는 식으로 더듬거리는 과정을 거쳤다.

자주 영상화되는 미스터리 소설은 대개 남성 작가들의 작품이었다. 대실 해밋과 레이먼드 챈들러, 미키 스필레인, 로스 맥도널드라는 아이콘 격인 작가들을 통해 하드보일드/누아르 소설을 처음 접했고, 자연스럽게 제임스 엘로이와 로런스 블록으로 넘어오며 현대의 하드보일드의 변화를 뒤늦게 체험할 수 있었다.

남성 선배 작가들을 읽으니, 남성 후배 작가들로 넘어가는 건 피할 수 없었다. 검증된 작가의 공인된 작품들만 따라가며 읽으니 당연히 재미있었다. 당대를 주름잡았던 남성 작가들이 있고, 그 작가들의 대표작이 띠는 특유의 분위기, 이후 수많은 후대 작가들에게 영향을 미친 스타일과 관점을 따라가며 읽으면서 자연스럽게 그들의 시점을 나의 시점과 동일시하게 됐다. 미스터리는 역시 남자들의 장르인가, 하는 생각도 잠깐 했었던 것 같다.

그로부터 10여 년이 지난 지금도 같은 생각이냐고? 당연히 아니다. 그사이, 2013년에 길리언 플린의 『나를 찾아줘』(강선재 옮김, 푸른숲, 2013)라는 걸출한 작품이 등장했고, 나(를 포함한 수많은 여성 독자)의 미스터리 독서의 방향은 『나를 찾아줘』 이전과 이후로 완전히 달라졌다.

여성 작가가 쓴, 여성 주인공이 등장하는 미스터리가 얼마나 '다를' 수 있는지를 깨닫기 위해, 역설적으로 무수한 남성 작가의 무수한 남성 탐정 미스터리를 읽는 선행 과정이 필요했다. 그런 깨달음은 늘 뒤늦게, 긴 우회로를 거친 후에야 찾아온다는 게 아쉬울 뿐이다. 그러다가 여성 작가들의 미스터리(동료 남성 작가들과 달리 꽤 오랫동안 평가절하됐던)를 한참 뒤에 찾아 읽고는 흠칫 놀랐다. 달랐다. 특히 여성을 묘사할 때, 그리고 당연히 남성을 묘사할 때 달랐다. 인물이 달라지니 사건의 진행 과정과 해결 방법도 달라졌다. 남성 작가들이 쓰지 않았던, 그들이 알지 못했던 현실의 이면을 여성 작가들이 끌어들임으로써 미스터리 장르의 폭이 경이롭게 확장되었음을 그제야 깨달았다.

그리하여 미스터리라는 장르가 시작된 19세기의 작품들까지 거슬러 올라간 다음 여성 탐정들이 쏟아져 나오기 시작한 1980년대 이전까지 천천히 내려오면서, 여성들이 주인공으로서 그리고 탐정으로서 활약할 수 있는 여지를 탐색했던 (상대적으로 덜 알려진) 작품들을 찾아냈고, 여기에 그 목록을 공유한다.

　미리 고백하는 한계. 이건 영미권 위주의 목록이고, 가능하면 국내에 번역된 작품이 있는 작가들 위주로 찾다 보니 그 사이사이에 빠진 이름들이 당연히 많다. 다만 이것이 영미권 여성 미스터리 작가의 백과사전이라기보다는, 시대적 흐름을 따라가며 드문드문 찾아낸 헐거운 독서 목록이라고 봐주시면 좋을 것 같다. 이 글을 완성하고 난 다음에도 명단은 계속 새롭게 갱신되고 추가되는 중이다.

　무엇보다 이 글은 너무 늦게서야 찾아낸 여성 미스터리 작가들, 미스터리 속 여성 인물들에 대한 나의 긴 사과문이기도 하다.

〔차례〕

1장

초기 미스터리 속 여성들

셜록 홈스와 여성 의뢰인들

탐정은 남자(들)이었다. 지금까지도 이 장르의 시초로 인정받는 유명한 초창기 미스터리들에서는 여성이 주인공으로 등장하지 않았다. 에드거 앨런 포가 '오귀스트 뒤팽' 시리즈로 묶을 수 있는 단편, 「모르그 가의 살인」(1841)과 「마리 로제 수수께끼」(1842), 「도둑맞은 편지」(1844~1845)를 연이어 내놓으며 미스터리라는 장르의 근본 형식을 완성했을 때, 핵심 캐릭터인 탐정은 어떤 모습으로 형상화되었는가? 그 정체성은 유럽의 부르주아-지식인-백인-남성이었다. 먹고사는 문제에 대해 근심할 필요 없고 특정 분야에 대한 지식을 마음껏 축적하는 경험은, 역사의 어느 시점에서는 귀족 계층만 누릴 수 있던 특권이었다.

하지만 17~18세기의 계몽주의가 맹위를 떨친 뒤, 계급 중심적인 세계관은 이미 낡은 것이 되었다. 개인의 능력과 지식이 계급 상승과 부를 일굴 수 있는 중요한 요건으로 떠오르면서, 뛰어난 관찰력과 (당시의 가장 앞선 학문인) 과학에 대한 전문 지식을 갖춘 이들이 특별한 개인이자 독창적인 개성을 지닌 인물로 인정받게 되었다. 이들이 바로 초창기 미스터리 속 탐정의 모습으로 형상화되었다. 그중 가장 두드러진 인물은 코넌 도일이 만들어낸 셜록 홈스다.

1887년 『주홍색 연구』로 처음 등장했던 홈스가 1920년대까지 다채롭게 활약했던 미스터리 시리즈 속에서 여성 인물들이 어떻게 재현되었는지를 먼저 살펴보자.[1] 꽤 많은 여성들이 여기서 희생자이자 가해자, 혹은 의뢰인으로 등장한다. 맨 먼저 떠오르는 예는 홈스가 예를 갖추어 언급하는 유일한 여성[2], '그 여성'으로 불리는 아이린

[1] 오귀스트 뒤팽이 등장하는 단편 중 「모르그 가의 살인」과 「마리 로제 수수께끼」에서는 모두 여성 희생자가 등장하지만 그들의 직접적인 목소리는 전혀 기록되지 않았다. 그들의 모습은 주변 사람들의 증언을 통해서만 드러난다. 이를테면 「모르그 가의 살인」에서 레스파나예 부인과 딸 카미유는 굴뚝 안에 쑤셔 박힌 시체로, 끔찍하게 난자 당한 채 뒷마당에 추락한 시체로 발견될 따름이다. 「마리 로제 수수께끼」의 마리 로제는 잔혹하게 폭행 당하고 목이 졸린 시체로 발견되었을 당시의 세세한 묘사와 함께, 다소 복잡한 남자관계가 샅샅이 들춰지는 식으로 독자에게 제시된다.

[2] 소설 속에서 당연하게 '이성애자'로 단정 지어지는 셜록 홈스에 대해, 그의 친구이자 기록자인 왓슨 박사는 홈스가 때로 지나치게 비정하다고 불평하기도 한다. 즉 여성과의 연애 감정 일체를 거부하다시피 하기 때문이다. "홈스의 냉철하고 명확하면서도 기막힐 정도로 균형 잡힌 정신은 감정을 전부 혐오스럽게 여겼고, 그중에서

애들러다. 애들러는 홈스가 범죄 수사를 위해 만들어둔 자료집, 즉 동시대 주요 인물이나 사물에 관해 요점을 기록한 두툼한 메모철 사이에서, "유대인 랍비 항목과 심해어에 관한 논문을 쓴 부함장 항목 사이에서" 쉽게 발견되는 항목으로 처음 등장한다.(『셜록 홈스의 모험』, 22쪽) 홈스를 능가하는 행동력과 두뇌를 과시하는 애들러에게 마침내 홈스가 경의를 표하게 되지만, 이는 어디까지나 19세기 중후반 영국 여성들의 위치—'가정의 천사'라는 별칭으로 불렸던—에 '익숙'했던 홈스(혹은 코넌 도일)의 시선에서 놀랍다는 의미였다. 다른 여성들은 그렇지 않지만 '그' 여성은 좀 놀랍고 인상적이다, 라는 평가는 여성의 위치가 그만큼 중요하게 여겨지지 않았음을 방증한다.

하지만 도일이 그린 여성들에 대해 주목해볼 지점은 분명히 존재한다. '가정의 천사'라는 명칭이 등장하기 시

도 연애 감정이 제일 끔찍하다고 생각했다. 내가 보기에 그는 세상에서 가장 이성적이고 예리한 추리 기계였다. (⋯) 만약 숙련된 추론가가 섬세하고 완벽하게 조율해놓은 머릿속에 연애 감정을 받아들이면 어떻게 될까. 분명 혼란스러워져서 자신이 도출한 결과까지 의심하게 될 것이다. 홈스와 같은 천성을 가진 사람에게 연애와 관련된 강렬한 감정은 섬세한 악기에 모래알이 들어가거나, 고배율 렌즈에 금이 가는 일보다 더 큰 문제일 것이다."(아서 코넌 도일, 「보헤미아 스캔들」, 『셜록 홈스의 모험』, 권도희 옮김, 엘릭시르, 2016, 9~10쪽.)

작했던 빅토리아시대의 여성들은 집 안에 머무르며 가족과 집을 아끼고 돌보는 일에 전심전력을 다하며 일생을 바치는 게 당연시되었다.[3] 그들은 결혼과 동시에 법적 지위를 박탈당하다시피 했다.[4] 이혼 절차는 까다로웠고 재산도 남성 가족에게 귀속되었으며 여성 자신은 주체가 아닌 소유물로만 간주되곤 했다.

기혼 여성이 일부 재산을 처분할 권리를 인정하는 최초의 법안이 1870년에야 통과되었고, 기혼 여성의 재산권이 확대 적용된 것은 1882년에 이르러서다. '셜록 홈스' 시리즈의 적지 않은 여성 의뢰인/여성 희생자/여성 가해자가 겪는 갈등의 원인이 바로 재산으로 인한 남성 가족과의 불화다.

「사라진 약혼자」에 나오는 의뢰인 메리 서덜랜드는

---

[3] 여성의 참정권을 요구하는 운동가 '서프러제트'의 거센 흐름은 20세기 초에 본격화되었다.

[4] 영국에서 19세기까지 통용되던, 봉건제의 유산인 관습법 '커버추어(coverture)'가 기혼 여성의 위치를 단적으로 설명해준다. 결혼 전의 여성은 자신의 이름으로 유언장을 작성하고 계약을 맺고 소송의 당사자가 될 수 있었다. 원한다면 자신의 부동산이나 사유재산을 팔거나 양도할 수 있었다. 하지만 일단 결혼하고 나면, 남편과 아내가 하나의 통일체로 간주된다는 법적 해석에 따라 여성은 '결혼으로 결합된 존재', 즉 남편에게 종속된다. 남편은 재산 문제에서 독단적인 권력과 책임을 점유하며, 그에 관해 아내와 의논할 필요가 없다. 〈https://www.britannica.com/topic/coverture〉.

숙부가 남겨준 재산 덕분에 1년에 100파운드라는 적지 않은 돈을 받고 있는데, 지금 당장은 돈이 별로 필요하지 않다며 어머니와 의붓아버지에게 모두 드렸다. 하지만 메리가 결혼하면 그 돈은 남편이 차지할 터였다. 돈을 놓치고 싶지 않은 의붓아버지는 메리가 다른 남자를 만날 기회 자체를 차단하다가 결국엔 자신이 직접 낯선 남자로 변장하여 의붓딸을 유혹한다.

이 단편은 아주 명쾌하게 끝나고, 사실상 이 사건을 다루는 홈스의 태도는 거의 유쾌하다고까지 표현할 수 있을 텐데, 여성 독자의 시점으로 본다면 굉장히 무시무시한 이야기다. 「사라진 약혼자」의 내용을 뜯어보면 뜯어볼수록 개운하지 않은 음험한 상상의 줄기가 뻗어나간다. 순진하고 착한 미혼의 의붓딸을 유혹해 가짜 사랑에 빠지게 하고(친족 성폭력에 대한 공포심까지 자극한다.), 결국은 결혼하여 독립한 뒤 자신만의 가정을 꾸리겠다는(동시대 여성들에게는 가장 보편적인 '이 집에서 나가는' 방법이었을) 소망을 철저히 파괴함으로써 딸을, 그리고 재산을 자신의 손에 틀어쥐고 놓지 않겠다는 가부장 남성의 욕망이 지글지글 끓어오른다. 이야기는 욕심 사나운 의붓아버지에게 채찍을 휘두르겠다며 위협을 가하는 홈스의 영웅적 면모가 펼쳐지며 산뜻하게 끝나지만, 사실 이 시대에는 이처럼 '아버지'들에게 붙들린 채 평생을 숨죽여 산 여성들의 수가 훨씬 많았을 것이다.

아버지와 딸 사이의 섬뜩한 관계는「얼룩 띠」와「코퍼비치스의 비밀」에서 좀더 음험한 분위기가 강화된 채로 변주된다. 특히 여기에는 이성적인 명탐정이 등장하는 미스터리가 대중적 인기를 얻기 이전에 관심을 독차지했던 장르인 고딕 소설의 분위기까지 물씬 풍긴다. 즉 고딕 소설의 핵심 장치인 '귀신 들린 집'이라는 환상적인 개념이,「얼룩 띠」라든가「코퍼비치스의 비밀」같은 미스터리 소설에서는 '이 집에서 나갈 수 없는 여자들, 이 집에 사로잡힌 여자들'로 치환되며 그에 얽힌 수수께끼를 이성적으로 해결하는 상황으로 제시된다.

그러니까 도일이 바라본 동시대 여성들의 불행은, '가정의 천사들'이라는 허상이 빚어낸 불평등한 현실 자체가 낳은 결과였다. 집이 지옥이라면, 혹은 집을 장악하고 있는 남성 지배자가 자신에게만 편안한 지옥을 만들고 있다면, 거기서 빠져나오지 못하는 여성들에게 그런 집은 귀신 들린 집이고 자신은 부당하게 억류 당한 희생자라는 생각이 들 수밖에 없는 것이다.

공포에 질린 여성들이 홈스라는 '컨설턴트' 탐정을 찾아와 "사실 이게 별거 아닌 일일 수도 있겠지만…"이라고 주저하며 입을 여는 이유는, 홈스로 대표되는 이성과 합리성이라는 당대의 새로운 개념이 일종의 푸닥거리를 해주길 바라는 마음 때문이었을 수도 있다.[5] 고딕 소설 속 젊은 여성들이 겁에 질려 정신을 잃으면서 현실로부터 도피해버리거나, 아니면 가장 안전하다고 느껴야 할 집 안에 출몰하는 악령과 귀신들(그럼으로써 집이 가장 위험한 곳이라는 사실 앞에 소스라치게 놀라게 되는)을 마주하기 위해(고딕 소설 속의 의지할 데 없는 젊은 여성들을 위해 아무도 기꺼이 나서서 해결해주지 않기 때문에) 말 그대로 목숨을 걸고 용기를 끌어모아야 했다면, 미스터리라는 장르가 새롭게 등장한 시기에 여성들은 타인의 지식을 빌려서라도 난처한 상황을 해결하고 자신에게 필요한 안전과 재산을 되찾으려는 노력을 (픽션에서나마) 기울이게 된 것이다.

「얼룩 띠」에서는 제법 부유한 여성(일찍 사망한 전남

---

5 「얼룩 띠」의 의뢰인 헬렌 스토너는 홈스에게 간절히 도움을 청하며 "제가 유일하게 도움을 청할 수 있는 그분조차 제 이야기를 신경이 예민한 여자의 망상으로 여기는 상황이에요."(『셜록 홈스의 모험』, 304쪽)라고 토로한다.

편의 재산을 물려받은)과 결혼했고, 이 아내가 사망한 다음 장성한 의붓딸들이 결혼을 준비하자 지참금을 내주기 싫어 두 명의 의붓딸을 잔혹하게 살해하려 드는 의붓아버지가 등장한다.

"어머니껜 연 수입이 1000파운드쯤 되는 상당한 재산이 있었는데 결혼한 후에는 모두 새아버지에게 양도하셨죠. 쌍둥이가 결혼을 하면 각자에게 매년 일정한 금액을 나누어준다는 조건을 달아서요."(『셜록 홈스의 모험』, 305쪽)

의붓아버지가 인도에서 데려온 독사를 훈련시켜 살인 도구로 썼다는 것은, 일차적으로는 영국 바깥의 낯선 세계에서 온 비천하고 두려운 이방인들의 공격이라는 제국주의적 시선이 강력하게 엿보이는 부분이다. 그런데 조금 각도를 틀어 생각해보면 자신의 특정한 명령을 듣도록 뱀을 훈련시킨다는 일 자체가 일종의 '주문'을 거는 일이라고 볼 수 있고, 뱀에게 물려 죽어야 하는 의붓딸들 역시 마법의 주문에 희생된다는 측면에서 고딕 소설의 메아리가 커다랗게 울려 퍼지지 않는가?

하지만 동생 줄리아가 '얼룩 띠'에 대해 수수께끼 같은 말을 남긴 채 먼저 죽어버리자, 언니 헬렌은 자신에게도 닥쳐올 두려운 운명 앞에 벌벌 떨면서 체념하듯 기다리기보다 주술을 깨뜨릴 수 있는 지식을 가진 존재를 찾아간다. 이에 홈스는 '강력한 마법사' 같은 모습으로 지팡이를 휘둘러 주술을 파괴함으로써 이성이 승리하고 정의가 구현되는 세상을 실현한다.

　「코퍼비치스의 비밀」에 나오는 바이얼릿 헌터는 앞서의 의뢰인들보다 좀더 능동적인 인물이다. 빅토리아시대에 상류층에 속하지 않은 계급의 젊은 여성들이, 결혼할 남자를 찾는 일에 집중하기보다 스스로 돈을 벌고 가족을 건사하는 의무를 지게 되었을 때 가장 자주 선택하는 직업은 가정교사였다. 바이얼릿은 바로 그런 여성이며, 코퍼비치스의 주인으로부터 기이한 취직 제안을 들었을 때 좀 불안해하고 두려워하면서도 지금보다 훨씬 더 많은 급여와 좋은 조건을 제시 받았기에 선뜻 거절하지 못한다. 처음 보는 남성으로부터 수상쩍은 제안을 들었지만 그것을 쉽게 무시해버릴 수 없는 이유는 돈, 바이얼릿 자신의 삶을 유지하고 지킬 수 있는 유일한 수단인 돈 때문이었다. "상황이 어떻든 젊은 아가씨가 들어가기 좋은 집은 아닌 것 같군요."/"하지만 돈을 생각해보세요. 홈스 선생님. 그 돈을!"(『셜록 홈스의 모험』, 484쪽)

바이얼릿이 코퍼비치스로 떠난 뒤 2주가 흐르는 동안 홈스와 왓슨은 그의 근황을 궁금해한다.

"나는 종종 그 아가씨 생각을 했다. 아가씨 혼자 외롭게 헤매고 있을 인생의 이상한 샛길을 떠올려보았다. 지나치게 많은 급료, 이상한 조건, 힘들지 않은 본업, 모두 정상에서 벗어나 있었다."(『셜록 홈스의 모험』, 485쪽)

그리고 바이얼릿이 다급하게 도움을 청하는 전보를 치고 홈스가 코퍼비치스에 내려가 조사를 시작한 뒤 알게 된 진실은 무시무시했다. 코퍼비치스의 주인은 역시나 딸이 남편에게 가져갈 지참금이 아까워 딸을 다락방에 유폐시킨 채, 딸과 외모가 매우 닮은 바이얼릿을 데려와 딸처럼 행동하게 하여 별문제 없는 가족인 것처럼—부모와 딸로 이루어진 '정상' 가족—가장하는 음모를 꾸몄던 것이다.

"루캐슬 씨는 딸만 데리고 있으면 유산이 전부 자기 것이라는 걸 잘 알고 있었죠. 하지만 딸이 결혼이라도 하게 되면 사위가 가져갈 것이 뻔했어요. 그래서 루캐슬 씨는 딸의 결혼을 막으려고 했죠. 그분은 앨리스 양에게 결혼을 하든 하지 않든 유산을 계속 자기 소유로 두도록 하는 서류에 서명을 종용했어요. 앨리스 양이 거절하자 루

캐슬 씨는 딸을 심하게 괴롭히기 시작했어요."(『셜록 홈스의 모험』, 512~513쪽)

그의 음모를 통해 '진짜' 딸과 '가짜' 딸 모두 외딴집에 창백하게 유폐된 채 점점 미쳐가거나 서서히 죽어가는 상황에 처했던 것이다. 매우 닮은 젊은 여성 두 명의 삶이 먼 조상뻘 되는 유령의 저주 때문에 망가지는 게 아니라 피와 살을 가진 구체적인 인간, 심지어 가족이라는 가장 가까운 피붙이이자 공동체로 묶인 인간의 사적 욕망에 의해 영문도 모르고 파괴될 위험에 처해 있었다.

지금의 시각으로 보자면 코넌 도일의 미스터리들은 끔찍한 살인 같은 심각한 범죄를 다루는 경우가 많지 않다. 대부분 범죄가 일어나기 직전에 막거나 아예 싹을 잘라버리거나 혹은 예상치 못한 해피엔딩으로 막을 내릴 만큼 '일상생활에서 이해할 수 없었던' 정도의 일탈을 바로잡는 데 그친다. 하지만 「사라진 약혼자」와 「얼룩 띠」, 「코퍼비치스의 비밀」 등 불안에 떠는 젊은 여성이 도움을 청했던 사건들을 살펴보면, 반듯하고 매끄럽게 해결되는 것처럼 보이지만 실상은 이 여성들이 경험했던 억압적인 분위기가 도일의 의도보다 훨씬 길고 어두운 그림자를 드리우고 있다.

21세기에도 크게 바뀌지 않은 여성들의 삶이 미스터리에 담길 때의 양상이―특히 플린의『나를 찾아줘』이후 가정 스릴러domestic thriller라는 서브 장르가 큰 인기를 끌면서 여성과 미스터리의 관계에 대한 관심이 증폭되었던 2010년대를 돌이켜보자면 흥미롭게도―빅토리아시대 영국의 초기 미스터리 작품들에서도 비슷하게 되풀이된다. 여성이 집 안에서, 가족 내에서 경험하는 두려운 현실이 뚜렷하게 담겼다고 할 수 있다. 여성이 가정과 사회 양쪽에서 처한 상황이 한 세기가 지나도록 우리가 생각하는 것만큼 극적으로 달라지거나 진보한 게 아닐 수 있다는 뜻이다.[6]

6　'셜록 홈스' 시리즈에 등장하는 여성 피해자의 또 다른 중요한 유형으로는, 여성의 비밀스러운 과거의 실수를 약점으로 잡은 채 비열하게 협박하는 악당에게 피해 여성이 직접 복수하는 유형을 꼽을 수 있다.「찰스 오거스터스 밀버턴」에 나오는 피해자는 "내 인생은 망쳤지만 앞으로 두 번 다시 다른 사람의 인생을 망칠 수는 없을 거다. 내 심장은 갈가리 찢어놓았지만 앞으로 다른 사람의 심장은 찢어놓을 수 없을 테고. 나는 이 세상의 해충을 없애는 거야. 개 같은 자식, 이거나 받아!"(아서 코넌 도일,『셜록 홈스의 귀환』, 이경아 옮김, 엘릭시르, 2016, 320~321쪽)라고 외치며 총을 쏜다.「유명한 의뢰인 사건」에서는 "나방이나 나비를 수집하는 사람들이 있듯이 이자는 여자를 수집해요. 수집품에 대한 자부심이 있고요. 수집 내역이 책에 기록되어 있더라고요. 스냅사진, 이름, 자세한 신상 정보, 기타 등등 그들에 대한 모든 것이요. 끔찍한 책이에요."(아서 코넌 도일,『셜록 홈스의 사건집』, 이은선 옮김, 엘릭시르, 2016, 31쪽)라며 전 애인을 저주하던 키티 윈터는 결국 그의 얼굴에 황산을 끼얹는 복수를 감행한다. 현대의 사생활 유포 범죄나 디지털 성범죄에 시달리는 여성 피해자들을 연상시키는 상황이다.

선구적인 직업 탐정

그렇다면 빅토리아시대 미스터리에서 여성은 탐정이 아니라 불안한 의뢰인이나 가련한 희생자로만 등장했던 걸까? 놀랍게도 19세기에 셜록 홈스보다 좀 더 앞서서 활동했던 여성 탐정들이 존재한다. 홈스만큼 유명하지 않을 뿐, 그들이 아예 없었다고 주장할 수는 없다.

재미있는 점은 이 여성들이 홈스처럼 안락의자에 파묻힌 채 거미줄 한복판에 도사린 거미처럼 주변의 미세한 떨림과 움직임을 감지하며 범죄의 흔적을 감지하고 해결하는 부류의 탐정으로는 등장하지 않았다는 점이다. 초창기 미스터리 속 여성 탐정들은 주로 경찰 조직에 몸담고 '직업'으로서의 탐정 업무를 수행했다. 이성적 추론과 두뇌 플레이뿐 아니라 용의자들 사이를 부지런히 오가며 직접 증거를 모으는 신체 활동이 중요한 영역이었다.

미스터리 평론가이자 편집자 오토 펜즐러는 이렇게 썼다.

"당시 여성이 경찰이나 사설탐정으로 일한다는 건 굉장한 용기의 산물이거나 자포자기의 필사적인 상태라는 의미였다. 경찰이나 사설탐정은 천한 직업으로 여겨졌기 때문이다. 배우라 해도 그런 역을 맡는다는 건 수치스럽게 여겨졌다. 그럼에도 불구하고 빅토리아시대의 적지 않은 여성들은 소설 속에서 그 직업에 종사했다. 예외 없이 모두 강하고 독립적이며, 할 일을 맡았을 때 자신들의 평판에 대해 불안해하지 않았고, 믿음직스러운 헌신과 지성을 발휘하며 임무를 수행했다. 이 문학적으로 드러난 형상들은 여성 주인공들의 직관(과 때때로 외적 매력)에 의존하는 경우가 흔했지만, 수수께끼를 해결할 수 있는 끈질김과 놀랄 만한 용기 또한 보여주었다."[7]

영미권에서 첫 번째 여성 탐정 캐릭터로 꼽히는 인물[8]은 두 명이다. 1864년이라는 거의 비슷한 시기에 익명

---

[7] Otto Penzler, 「Introduction」, 『The Big Book of Female Detectives』, Vintage Crime/Black Lizard, 2018, Kindle Edition.

[8] 현실에서 탐정을 직업으로 삼은 최초의 여성은 케이트 원(Kate Warne)으로 알려졌다. 1856년 미국의 핑커턴 탐정 에이전시를 직접 찾아가 채용을 요구했던 케이트 원은, "남성 탐정들은 비집고 들어가기 힘든 수많은 장소에서 비밀을 빼내올 수 있

의 지은이[9]가 쓴 단편 「레이디 탐정의 폭로Revelations of a Lady Detective」의 파스칼 부인(런던의 디텍티브 폴리스에서 일하고 있으며, "담배를 피우고 리볼버를 들고 다니며 하수관 아래로 내려가기 위해 크리놀린을 벗어던질 수 있는 여성"으로 묘사된다.)과, 앤드루 포레스터Andrew Forrester의 연작 소설 「여성 탐정The Female Detective」에서 "런던의 메트로폴리탄 폴리스에서 비공식적으로 일하는 비밀 요원"으로 설정된 글래든 부인이다.[10]

펜즐러는 "여성 수사관이 활약하는 특별 부서를 가상으로 만들어낸" 「레이디 탐정의 폭로」를 예로 들면서, 이후 에마 오르치[11]가 창조한 또 하나의 탐정 레이디 몰리 역시 "실제로는 존재하지 않았던 스코틀랜드 야드의 '여성 부서Female Department'에서 활약"했음을 지적한다.

는" 위장 능력을 적극적으로 내세움으로써 수장인 앨런 핑커턴을 설득했다고 한다. 〈https://pinkerton.com/our-insights/blog/unsung-heroes-first-female-detective-kate-warne〉. 그리고 영국의 경찰 조직 스코틀랜드 야드에서 여성을 정식으로 채용한 일은 1915년에야 이루어진다.

9 윌리엄 스티븐스 헤이워드(William Stephens Hayward)로 추정되지만 확실하지 않다.

10 〈https://crimefictionlover.com/2013/09/cis-the-first-female-detectives/〉 참고.

11 20세기 초에 발표한 미스터리 단편 시리즈 『구석의 노인 사건집』(이경아 옮김, 엘릭시르, 2013)으로 잘 알려졌다.

"스코틀랜드 야드는 1829년에 만들어졌지만 첫 번째 여성 경찰은 1915년에 임명됐다. 1914년 1차 세계대전의 발발과 함께 여성 경찰 조직Women's Police Service이 만들어졌는데 이로부터 1년 후의 일이다. 미국의 경우 첫 번째 경찰서가 1838년 보스턴에 설립되었지만, 1891년에야 여성이 '경찰관'으로 임명되었다."[12]

즉 당대의 현실에는 존재하지 않았던 상황이 오히려 픽션에선 수십 년 앞서 상상되었고, 또 픽션 속에서만큼은 당연하고 '자연스러운' 현실처럼 그려졌다. 홈스처럼 활약하는 여성 인물을 창조한 작가들이, 또 그것을 즐긴 독자들이 존재했기 때문에 이 같은 대중 소설이 가능했다는 뜻이기도 하다.

국내에 번역된 작품들에서 찾아볼 수 있는 초창기 여성 탐정의 예를 조금 더 살펴보자. 먼저 영국의 작가 캐서린 루이자 퍼키스가 1893~94년 발표한 '러브데이 브룩' 시리즈가 있다. 국내 번역작으로는 「문간의 검은 가방」[13]을 읽을 수 있다. 서른 살을 조금 넘긴 러브데이 브

---

12 Otto Penzler, 같은 책.

13 아서 코넌 도일 외, 『셜록 홈스의 라이벌들』(정태원 옮김, 비채, 2011)에 수록되었다.

룩에 대한 다소 긴 설명을 인용해보겠다.

"그녀는 키가 크지도 작지도 않다. 피부는 검지도 하얗지도 않고, 아름답지도 추하지도 않다. 그녀의 모습은 전체적으로 설명하기 힘들다. 유일하게 눈에 띄는 것은 눈을 지그시 감아 눈동자가 선처럼 가늘게 보이는 모습으로, 그녀가 생각에 빠져 있을 때의 버릇이다. 그녀는 그 가는 틈으로 세상을 보는 것 같았다. 그녀의 드레스는 언제나 검은색이고 퀘이커 교도들처럼 정확하고 청결했다. 5~6년 전 러브데이는 운명의 장난으로 빈털터리가 된 채 세상에 나왔다. 장사에 대한 재능이 없는 것을 안 그녀는 곧바로 전통을 거스르면서 지금까지의 사회적 지위에서 한층 멀어지게 만드는 직업을 선택했다. 그리고 다시 5~6년 동안 밑바닥부터 꾸준히 일했고 드디어 기회가, 정확히 말하자면 꼬일 대로 꼬인 복잡한 범죄가 그녀를 린치 코트의 유명 탐정사무소로 이끌었다." 탐정사무소 소장 에버니저 다이어의 평가에 따르면 "첫째, 그녀는 능력이 있어. 여성에게는 아주 드문, 명령을 글자 그대로 올바르게 실행하는 능력이 있어. 둘째, 그녀는 고정불변의 이론에 구속 받지 않는 총명하고 기민한 머리를 갖고 있어. 셋째, 가장 중요한 점인데, 그녀는 다방면에 걸쳐 풍부한 지식을 갖고 있고 가히 천재적이라고까지 할 수 있"다.(『셜록 홈스의 라이벌들』, 107~108쪽)

에마 오르치가 1910년에 발표한 '레이디 몰리Lady Molly of Scotland Yard' 시리즈 역시 초창기 미스터리 속 여성 탐정의 활약을 다룬 드문 시리즈다. 국내에서 읽을 수 있는 '레이디 몰리' 시리즈 단편으로는 『세계추리소설 걸작선』(한국추리작가 협회 엮음, 정태원 외 옮김, 한스미디어, 2013)에 실린 「나인스코어의 수수께끼」가 있다. 남자들과 거리낌 없이 어울리며 재미와 즐거움만 추구한다는 평을 듣던 아가씨 메리가 끔찍한 시체로 발견되고, 미궁에 빠진 사건에 투입된 스코틀랜드 야드의 여성 부서 요원인 레이디 몰리는 여성의 심리에 대한 예리한 통찰력으로 진상을 밝혀낸다. 즉 레이디 몰리는 하층 계급 여성이 낭만적 사랑에 대해 품은 잘못된 판타지를 꿰뚫어보고, 아이를 빼앗길지도 모르는 절체절명의 순간에 터져 나오는 모성애를 '이용'하여 사건을 해결한다.

레이디 몰리의 동료이자 이 작품에서 '왓슨' 역할을 담당하는 화자 (피해자와 동명이인) 메리는 이렇게 쓴다.

"우리 여성 부서는 남자들에게 지독히 냉대 받았지만, 실수투성이인 남성보다 여성의 직감이 열 배쯤 뛰어나다는 말에 반론을 제기하지 마시기 바란다. 이른바 수수께끼 같은 사건을 여성이 수사하도록 했다면 미해결 범죄가 절반쯤은 줄지 않았을까, 나는 굳게 믿는다. 예를 들어 나인스코어의 놀라운 사건을 남자들끼리 수사했다면 진상이 드러났을 것이라고 생각하시는지?"

확실한 물증이 없는 상황에서 '자백'만이 유일한 해결 방법이었을 때 심리적인 압박을 통해 그걸 끌어낸 레이디 몰리에게 다시 한 번 감탄하며 메리는 이렇게 글을 맺는다.

"남자 수사관이 그 거짓 전보나 가시 돋친 말을 생각해내서 마을 아가씨의 모성애를 자극해 그렇게 일찍 자백을 받아낼 수 있었다고는 생각하지 않는다. 남자였다면 아무리 지혜를 짜내도 그런 생각을 해내진 못했을 테니까."[14]

브룩과 몰리의 공통점이라면, 홈스와 달리 인물 자신의 개성을 도드라지게 하는 특성을 최대한 감춘다는 점이다. 홈스는 그 가족들부터 모두 예술적인 취향과 뛰어난 두뇌를 물려받았다는 암시가 시리즈 여기저기 등

---

14 모든 인용문은 『세계추리소설 걸작선』 전자책에서 가져왔다.

장한다. 그런 사생활에 관련된 사실 외에도 이 사람이 심지어 왕실로부터 은밀한 의뢰를 받을 정도로 재능 넘치는 특수한 개인임을 강조하기 위해, 홈스의 관심사와 그가 광범위하게 공부하는 내용, 신체를 연마하는 방식, 심지어 권태를 이기기 위해 애용하는 마약 과용 습관 등에 대해서까지 상세히 기술한다. 이전까지의 대중소설에서 보인 적이 없는, 단 한 번도 영웅적인 주인공으로 내세워진 적이 없는 종류의 인간, 대도시가 새롭게 등장하면서 우후죽순으로 생겨난 갖가지 범죄를 분석하고 격파할 수 있는 새로운 '직업'인 탐정업에 종사하게 된 인간. 홈스라는 탐정을 대중들에게 소개하는 방식은 부르주아 지식인이라는 당대의 인간형을 새롭게 제시한 것이나 다름없었다.

심지어 홈스의 외모조차도 남들과는 다르다. 『바스커빌 가문의 사냥개』(이은선 옮김, 엘릭시르, 2016)에 인상적으로 삽입된 에피소드에 따르면, 19세기 중후반에는 '최신 과학'으로 칭송 받았던 골상학에 대해 언급하면서 홈스의 두상 골격이 너무나 특이하게 생겼기 때문에 연구해보고 싶다고 군침을 흘리는 인물까지 등장한다.

브룩과 몰리의 경우 외모가 개성 있지도 두드러지지

도 않는다. 언제라도 가장과 변장을 통해 어딘가로 스며들어야 하기 때문에 수수하고 평범하고 특출 나게 튀는 구석이 없는 인물로 묘사된다. 다만 머리가 좋고 이성과 감성이 골고루 발달했다는 설명이 이어진다. 특히 '여성적인 특성'이라는 감성적 측면이 의식적으로 강조된다는 점을 눈여겨볼 만하다. '러브데이 브룩' 시리즈의 「문간의 검은 가방」에서는 연인에게 버림받은 아가씨의 비참한 심정을 달랠 수 있는 진정한 사랑을 찬미하는 촉촉한 감상이 묻어나온다. 「나인스코어의 수수께끼」의 경우 계급 차에 의해 배신 당하고 짓밟혔지만 절절한 모성애 때문에 자신이 위험에 빠질 가능성마저 무릅쓰는 젊은 여성의 비통한 심경을 헤아리는 몰리에게 찬사를 바치는 장면이 등장한다. 범죄 수사에서 남성들은 헤아리지 못하는 감성 영역을 파고들어 사건을 해결한다는 특징이 초창기 미스터리 여성 탐정들의 주된 패턴이었던 것으로 보인다.

하지만 도일의 홈스가 그토록 열광적인 반응을 얻으며 단숨에 불멸의 아이콘 자리에 오르게 된 이유를 떠올려보자. 과학이 고도로 발달하면서 인류의 이성적 두뇌가 진보의 필요충분조건으로 여겨지던 시절이다. 그런 분위기를 어떤 국가보다 가장 빨리, 수월하게 체화할 수 있었던 당대의 '대영제국'의 자신감은 세계를 정복하겠다는 야심으로 확장되었다. 그 같은 시대정신을 완벽하게 압축하여 구현한 픽션의 캐릭터가 바로 홈스였다. 비상한 두뇌만큼이나 중요한 '여성적인' 감성과 공감 능력을 앞세우며 차별화를 꾀했던 여성 탐정들은, '다양성'에는 기여할 수 있었지만 홈스만큼의 시대정신을 구현하는 데에는 미치지 못했다.[15]

---

15 버지타 버글런드는 미스터리 초창기의 여성 탐정들이 택할 수 있는 '태도'가 대단히 제한적이었음을 지적한다. 여성 탐정 캐릭터들은 "약간 주저하면서 책임감 때문에 사건을 맡는다"는 자세를 보여야 했다는 뜻이다. 여성은 "재미나 돈이나 명성 때문에 사건을 맡는 게 아니"어야 한다. "일이 너무 재미있어서 가사 노동의 의무를 저버리기까지 하는 커리어우먼에게는 아무도 공감하지 않는다. 하지만 자신과 아이들이 먹고살기 위해 직업전선에 뛰어들어야만 하는 존재, 이를테면 가난한 과부에게는 누구나 공감할 수 있다." 버글런드는 레이디 몰리가 부당한 누명을 뒤집어쓰고 투옥된 약혼자를 구하기 위해 경찰 일에 투신했음을 지적한다. 여성에게는 탐정이 되기 위한 알리바이가 필요했다. 그리고 "그 여성의 알리바이는 완벽하다고 받아들여져야만 한다". Birgitta Berglund, 「Desires and Devices: On Women Detectives in Fiction」, 『The Art of Detective Fiction』, Edited by Warren Chernaik · Martin Swales · Robert Vilain, Palgrave Macmillan, 2000, pp. 142~143.

메리 로버츠 라인하트의 감상적인 주인공

정석적인 미스터리는 아니지만, 뜻밖의 사건들이 연달아
발생하며 주인공을 혼란과 두려움에 빠뜨리는 스릴러의
초기 형태를 만들어낸 주요 작가 중 한 사람을 찾아볼 차
례다. 20세기 초중반 미국에서 베스트셀러 작가로 이름
을 날렸던 메리 로버츠 라인하트가 만들어낸 여성 주인
공들의 이력에도 눈여겨볼 만한 면이 있다. 그의 대표작
인 1908년 작 『나선 계단의 비밀』을 중점적으로 살펴보
겠다.

"이 이야기는 중년의 독신 여성이 잠깐 정신이 나가
서, 가사를 능숙하게 돌보는 하인들은 시내의 집에 남겨
둔 채 여름 내내 지낼 가구 딸린 교외의 저택을 따로 구
한 뒤, 신문사와 탐정사무소에게 즐거움과 돈까지 안겨
준 일련의 수수께끼 같은 범죄에 휘말린 상황을 뒤늦게
깨닫게 된 이야기다."[16]

중년 여성 레이철 이네스는 친자식처럼 키워낸 조카 핼시와 거트루드와 함께 시골 저택을 빌려 즐거운 여름 휴가를 보내기로 한다. 하지만 레이철은 교외의 서니사이드 저택에 도착한 첫날밤부터 저택 이곳저곳에서 들리는 삐걱거리는 소리와 기이한 형상의 그림자에 혼비백산한다.

핼시와 거트루드가 새 친구 존 베일리를 데려와서 레이철에게 소개한 그날 밤, 저택 안에서 살인 사건이 벌어진다. 나선형 계단 근처에 쓰러진 희생자는 저택의 원래 주인인 암스트롱 가문의 망나니 아들 아놀드였다. 문제는 아놀드가 살해당하기 직전, 늦게까지 집 안에서 함께 당구를 치던 핼시와 존의 행방이 묘연하다는 것이다. 존과 사랑에 빠진 거트루드는 뭔가 알고 있는 것 같지만 자꾸 얼버무리며 거짓말을 하고, 핼시의 권총이 집 바깥 화단 쪽에서 우연히 발견되며, 사건 직후 저택의 주인 폴 암스트롱이 운영하던 트레이더즈 은행이 파산 위기에 처하고, 은행의 회계원이었던 존이 횡령 의혹을 받는 사건

---

16 『나선 계단의 비밀』 인용문은 동명의 전자책(이제순 옮김, 판도라 출판, 2017)과 영어 원문을 참고하여 필자가 직접 번역하였다. 〈www.gutenberg.org/files/434/434-h/434-h.htm〉.

이 연쇄적으로 터진다. 게다가 저택을 호시탐탐 노리는, 유령인지 강도인지 알 수 없는 존재의 잇단 침입으로 레이철은 큰 혼란에 빠진다.

『나선 계단의 비밀』은 '내가-진작-알았더라면Had-I-but-Known' 유형을 확립시킨 작품으로 알려졌다. 다소 애정 섞인 조롱과 패러디의 대상으로 자주 언급되는 이 '내가-진작-알았더라면' 유형은, "1인칭 화자가 과거 불운한 상황의 연속을 촉진시켰던 어떤 행위의 결과에 대해 탄식하면서 닥쳐올 재난의 징조에 대해 미리 알려주는 이야기 형식"[17]을 뜻한다.

그러니까 『나선 계단의 비밀』의 화자 레이철은 서니사이드 저택 사건이 모두 마무리된 다음 그 무시무시했던 여름의 사건들을 회상하며 1인칭 시점에서 전모를 들려주는데, 자꾸만 '그때는 그 일이 그렇게 중요해 보이지 않았다'는 식의 여운을 남기는 문장을 덧붙이면서 독자들을 불길한 예감에 시달리게 한다.

"우리는 아침이 올 때까지 꼼짝 않고 앉아서 이 촛불이 새벽까지 버텨줄 수 있을지, 어떤 기차를 타고 시내로

---

17 〈en.wikipedia.org/wiki/Had_I_but_known〉 참고.

돌아가는 게 좋을지 고심했다. 그 결심을 바꾸지 않고 너무 늦기 전에 떠났어야 했는데!"

대개 이 같은 '전조'의 문장들은, 주인공이 (사소한 사적인 이유로) 잘못된 선택을 했고 이 별거 아닌 것 같은 선택이 예상보다 훨씬 끔찍한 결과를 낳았다는 걸 암시한다.

지나치게 멜로드라마적인 전개 때문에 비판 받는 『나선 계단의 비밀』의 '내가-진작-알았더라면' 서술 방식은, 직업 탐정과 아무 상관없는 지극히 평범한 여성이 주인공으로 등장하기 때문에 선택해야 했던 스타일이기도 하다. 레이철만 하더라도 수십 년 동안 이 근방에서 존경을 한 몸에 받았던 품위 있는 이네스 가문의 일원으로, 모범적인 삶을 살아왔다. 암스트롱 가문처럼 신흥 졸부 출신이 아니므로 돈에 얽힌 격랑에 휘말린 적도 없었다. 범죄와는 아무런 관련 없이 곱게 지내온 이 점잖은 중년 여성이, 낯선 저택에 도착한 첫날밤부터 수상쩍은 상황과 맞닥뜨렸을 때 당황한 나머지 적절하고 노련하게 대처하지 못한 건 당연하다.

살인, 실종, 도주, 사기 등의 사건들이 폭풍처럼 밀어닥치고 비밀을 감춘 새로운 인물들도 계속 등장하지만,

이 사건과 저 사건을 연결해서 그럴듯한 결론을 도출하는 논리적인 추론을 해낼 수 있는 주인공은 존재하지 않는다. 최선의 해석을 해보자면 레이철은 때때로 예리한 추측(요즘 하는 말로는 '촉이 좋다'고 볼 수 있겠다.)을 선보이고, 그보다 더 많은 경우는 충동적인 넘겨짚기로 일관한다. (하지만 사건 해결을 위해 집에 상주하는 수사관조차 레이철을 뛰어넘는 지성을 발휘하지 못하는 게 안타까운 현실이다.)

고딕 소설과 멜로드라마의 결합이 19세기 말 20세기 초의 새로운 장르인 미스터리의 큰 지분을 차지[18]했음을 상기한다면〔전형적인 예로 윌리엄 윌키 콜린스의 『흰옷을 입은 여인』(이주현 옮김, 현대문화센터, 2014)을 꼽을 수 있다.〕, 20세기 초에 쓰인 『나선 계단의 비밀』이 이런 경향에서 벗어나지 않았다는 점에 크게 신경 쓸 필요는 없다. 대신 범죄와 상관없이 살아온 여성이 점점 변화하는 모습을 묘사하는 몇몇 부분에서, 예전과는 사뭇 다른 기운을 느

---

18 프랑코 모레티는 영국 문학계에서 고딕 소설이 1790년대부터 1815년 사이에 상당히 큰 영향력을 행사했음을 지적한다. 미스터리는 1840년대에 에드거 앨런 포의 손을 거쳐 본격적인 형식을 갖추기 시작했으므로, 사그라드는 고딕 소설의 전통을 어느 정도 흡수할 수 있었다. "빅토르 시클롭스키가 '새로운 형식은 예술적 유용성을 이미 상실한 옛 형식을 대체하기 위해 등장한다'고 했듯이, 지배적 장르의 쇠퇴는 실제로 여기서 후속 장르가 도약하기 위한 필요조건이 되는 듯 보인다."(『그래프, 지도, 나무』, 이재연 옮김, 문학동네, 2020, 25쪽.)

낄 수 있다.

그러니까 이미 주요한 일가친척은 사망한 상태에서 가장 웃어른이 된 이 얌전한 독신 여성이, 위험에 처한 조카들(은행의 파산 때문에 얼마 안 되는 재산까지 모두 날릴 위험에 처했을 뿐 아니라, 핼시와 거트루드 모두 범죄에 연루된 각자의 연인들 때문에 고통 받는다.)의 삶을 지켜주기 위해 범죄에 직접 맞서는 아마추어 탐정 역할을 수행한다는 점이야말로 『나선 계단의 비밀』의 진짜 매력이다. 바로 이 지점이 오늘의 관점으로 보더라도 신선하게 되살릴 만한 여지가 있는 부분이기도 하다.

괴한이 또다시 서니사이드 저택에 침입했던 날 밤, 레이철은 당시 홀로 뛰쳐나가 괴한에게 총을 겨누던 자신의 모습에 대해 이렇게 고백했다.

"나는 괴상한 모습이었을 것이다. 머리에는 고대기를 말고, 잠옷 바람에 슬리퍼도 신지 않은 채 리볼버를 두 손으로 움켜쥐고 있었다."

서니사이드 저택에서 보냈던 악몽 같은 여름을 회상하는 현재의 레이철은 슬그머니 이런 고백을 덧붙이기도 한다.

"서니사이드에서 겪은 일련의 비극적 파국은 다른

40

무엇보다도 이 점을 일깨워주었다. 양가죽을 걸친 채 먹 잇감을, 희생양을 추적하던 반쯤 문명화된 그 옛날 선조 들의 사냥 본능이 내 안에도 어떻게든 존재한다는 사실 말이다. 내가 남자였다면 양가죽 조상들이 야생 멧돼지 를 잡으러 다닌 것처럼 무자비하게 범죄자들을 추적했을 것이다."

그리고 소설의 클라이맥스 부분, 묘지에서 무덤을 파내서 어떤 시신의 정체를 밝혀내는 한밤중의 모험에 동참하게 된 레이철은 도랑에 빠지는 위험을 감수하면서 혼자만의 만족감에 젖는다. 자신이 의외로 모험가 체질 이며, 인생의 뜻밖의 국면에 도전하는 걸 즐긴다는 새로 운 사실을 어느새 깨달은 것이다.

"지금의 내가 진짜 나 자신이라는 생각이 들었다. 그 리고 올해 여름처럼 내가 삶의 구석구석을 음미한 적이 있긴 했는지 궁금해했던 게 기억난다. 걷는 내내 장화 속 물이 철벅거렸지만, 나는 무척 즐거웠다. 심지어 제이미 슨 씨에게, 이토록 아름다운 별을 본 적이 없었고 밤의 시간을 이토록 황홀하게 채웠으면서도 인간은 그동안 잠 만 자도록 설계한 신은 분명 실수한 거라고 속삭이기까 지 했다."

수많은 초기 미스터리 소설 속 주인공으로 등장하는 젊고 아름답고 순진한 여성들이 『나선 계단의 비밀』에서 만큼은 조연이다. 레이철의 조카 거트루드와, 핼시의 연인 루이즈 암스트롱 둘 다 범죄에 직간접으로 관련되어 있지만 계속 앓아 눕거나 수사관의 추궁 앞에서 입을 꼭 다무는 모습으로 상당히 답답한 태도를 취한다. 하지만 진정한 주인공 레이철은, 비슷한 또래인 하녀 리디와 함께 답답함을 모두 날려버릴 수 있는 재기발랄한 입씨름을 선보인다. 심지어 사망 사건이 거듭되는 우울한 저택 생활에서 벗어날 냉소적인 유머 감각도 실컷 발휘한다. 이 집에 유령이 있다면서 무서워서 혼자 못 자겠다는 리디의 호들갑스러운 울부짖음은, 레이철이 오히려 마음을 다잡고 한밤중 복도에 혼자 걸어 나가 소음의 정체를 알아보게 만드는 용기의 원천이 되기도 한다.

　　소설의 결말. 결국 악당의 정체가 밝혀지고 조카들이 모두 각자의 행복을 찾게 되었다는 후일담을 들려준 다음 레이철은 빈집에 홀로 남는다. 아니, 정확히 말하면 리디가 그 곁에 있다.

　　"우리는 마주 앉아 이야기를 나눈다. 가끔 리디는 일을 그만두겠다고 나를 협박하고, 그러면 나 역시 기꺼이 떠나라고 허락해준다. 그래도 어쨌든 우리는 함께 지낸다. 나는 내년쯤 시골집을 빌려볼까 얘기했고, 리디는 거기에 유령이 없다는 게 확실해야 한다고 주장했다. 솔직히 고백하자면, 나는 그해 여름에서야 진짜로 살아 있다는 느낌을 받았다. 내가 이 이야기를 시작한 다음 시간이 빠르게 흘렀고, 우리 이웃들은 올여름 휴가를 위해 짐을 꾸리고 있다. 리디는 창가에 차양을 설치하고 총총 들어선 작은 화분들도 보살피고 있다. 리디가 함께 가든 아니든, 나는 내일쯤 시골집을 알아보는 광고를 낼 생각이다. 나선 계단이 있는 집이더라도 상관없다."

리디는 당연히 함께 갈 것이다. 레이철이 가는 곳에 리디도 간다.

이후에 등장한 여타의 미스터리 소설들에서 명탐정과 순진한 짝패 콤비를 공식처럼 내세울 때, 라인하트의 멜로드라마적 스릴러『나선 계단의 비밀』은 평범하기 짝이 없는 중년 여성 아마추어 탐정과 그보다 훨씬 더 순진하고 겁 많은 하녀 콤비를 내세웠다. 만약에『나선 계단의 비밀』을 다시쓰기 한다면, 다른 모든 인물보다 이 둘 사이의 티격태격 관계성을 핵심에 두고 써 내려갈 수 있으리라.

라인하트는 영국의 후배 작가 애거서 크리스티와 당대 인기의 쌍두마차를 달렸지만(특히 『나선 계단의 비밀』은 미국에서 125만 부가 팔릴 정도로 어마어마한 명성을 누렸다.), 1958년 사망 이후 인기가 시들해졌다. 크리스티가 지금까지도 미스터리의 기틀을 완벽하게 닦은 영웅으로 회자되고 되살려지는 것과 사뭇 다르게, 라인하트의 대표작 『나선 계단의 비밀』은 20세기적이라기보다는 19세기적인 감각에 더 가까운, 좀더 촌스러운 형태의 작품으로 비치는 게 사실이다. 그럼에도 불구하고 평범한 인물이 느닷없이 위험에 빠지는 스릴러의 초기 형태를 갈고 닦으며, 그저 비명을 지르고 도움 받기만을 원하는 게 아니라 불가사의한 수수께끼를 해결하려 애쓰며 자신의 변화를 자각하는 중년 여성을 아마추어 탐정으로 내세우는 의외의 설정이 신선했다.

덧붙이자면, 국내에 번역된 (전자책으로 읽을 수 있는) 라인하트의 또 다른 작품 『홍수 속 살인』(1913, 원제 'The Case of Jennie Brice')에서도 세입자 래들리 부부 중 아내가 갑자기 실종되자 남편에게 살해된 것이 아닐까 의심하는 하숙집 주인 피트먼 부인이 주요 인물로 등장한다. 살해된 정황만 있고 시체의 행방을 찾을 수 없는 상황에서,

피트먼 부인은 홍수에 잠긴 집의 지하실 바닥 같은 곳에서 죽은 래들리 부인이 떠오를까 봐 두려워한다. 피트먼 부인이 아끼던 고급 시계 역시 래들리 부인의 시체와 함께 행방이 묘연하고, 래들리 부인이 키우던 개는 알 수 없는 이유로 한쪽 다리를 다치고, 자신이 살인범을 잡겠다고 우기며 이 하숙집에 슬그머니 자리 잡은 노인 홀콤은 어설픈 잠망경을 만들어 남편 래들리의 방 안을 몰래 감시한다. 홍수라는 자연재해가 닥치면서 하숙집 사람들의 평온도 그렇게 흔들리기 시작했다. 익숙한 집은 어느 순간 낯선 두려움으로 가득한 공간이 되었고, 피트먼 부인은 결코 이전의 삶으로 돌아갈 수 없게 되었다.

 "'그건 래들리 부인의 코트 맞아요.' 내가 고집스럽게 대꾸했지만, 몰리 매과이어가 코트를 내게서 빼앗아 재빨리 밖으로 나가버렸다. 래들리 씨는 나를 바라보며 기분 나쁜 미소를 지었다. '이렇게 흥분하시는 게 더 수상쩍게 느껴지네요, 피트먼 부인.' 그가 무심하게 말했다. '탐정 놀이에 너무 열중하신 것 같습니다.'"[19]

---

19 『홍수 속 살인』(TR클럽 옮김, 위즈덤커넥트, 2019) 인용문은 전자책과 영어 원문을 참고하여 필자가 직접 번역하였다. ⟨www.gutenberg.org/cache/epub/11127/pg11127-images.html⟩.

하지만 신변의 위험을 무릅쓴 탐정 놀이를 통해 결국 진범을 잡아내는 쪽은 피트먼 부인이다.『나선 계단의 비밀』의 레이철처럼, 피트먼 부인은 불의에 패배하지 않는 '평범한' 영웅으로 살아남는다.

2장

황금기의 여성 탐정

상냥한 할머니 제인 마플

1920~30년대는 미스터리 역사에서 '황금기Golden Age'로 불린다. 소위 '명탐정'이 기기묘묘한 트릭을 격파하며 수수께끼 풀이의 짜릿함을 안겨주던 시기다. 우리가 익히 알고 있는 애거서 크리스티, 존 딕슨 카, G.K. 체스터턴, 도로시 L. 세이어스, S.S. 밴 다인, 엘러리 퀸 등의 유명 작가들이 모두 이 시기에 활동하며 명탐정이 활약하는 미스터리의 기반을 단단히 다졌고 미스터리의 대중적 인기몰이에 확실한 기여를 했다. 이들의 공통점이라면, 대개 홈스의 모범을 본받아 백인-남성-부르주아라는 인종적/경제적 정체성을 지닌 똑똑한 탐정을 내세우고, 보통 '후더닛whodunnit'으로 불리는―'범인은 누구인가'라는 질문에 답하는―대단히 복잡하고 정밀한 추리소설을 썼다는 점이다.

황금기의 대표 작가였던 크리스티의 가장 유명한 주

인공은 물론 에르퀼 푸아로다. 요란한 패션을 즐기며 자기애 강하고 쇼맨십을 발휘하는 탐정 푸아로는 진범 자체보다 훨씬 더 주목 받으며 사건의 중심을 차지하는 인물이었다. 1920년 크리스티의 장편 데뷔작 『스타일스 저택의 괴사건』(김남주 옮김, 황금가지, 2015)으로 첫선을 보인 이래 크리스티의 페르소나처럼 여겨졌던 탐정인데, 의외로 크리스티는 푸아로에게 약간 싫증을 느꼈던 것 같다. 1930년대 말에 푸아로를 "참아줄 수 없는" 존재라고 일기에 썼고, 1960년에 이르면 "혐오스럽고 과장투성이에 지겹고 자기밖에 모르는 재수 없는 멍청이"라고까지 부른다.[20] 하지만 독자들이 푸아로를 너무 사랑하기 때문에, 도일처럼 자신의 탐정을 폭포에서 밀어버리는 건 포기했다.

크리스티는 독자가 좋아하는 존재인 푸아로를 계속 살려두며 오랫동안 집필 활동을 이어갔다. 대신 1927년 새로운 탐정을 만들어낸다. 후대까지 어마어마한 영향을 끼치게 된 제인 마플이 세상에 처음 등장하게 된 것이다. 부연하자면 크리스티가 마플을 처음 떠올리게 된 이유

20 〈en.wikipedia.org/wiki/Hercule_Poirot〉.

는, 『애크로이드 살인 사건』(김남주 옮김, 황금가지, 2013)이 희곡으로 각색되었을 때 닥터 셰퍼드의 나이 많은 누나 캐럴라인이 '젊고 예쁜' 동생으로 대체된 것에 섭섭함과 불만을 느꼈기 때문이라고 한다. 크리스티는 캐럴라인에 대한 애착이 컸던 것 같다.

"닥터 셰퍼드의 누나는 그 책에서 내가 가장 좋아하는 인물이다. 성미가 까다로우면서도 강한 호기심 때문에 모든 것을 알게 되고 모든 것을 듣게 되는 독신녀. 그 집에서 그녀는 완벽한 탐정이었다."

그래서 크리스티는 자신의 이모할머니와 그 친구들을 모델로 하여("성품이 쾌활하면서도 모든 사람과 모든 일에 대해 항상 최악의 경우를 생각하며, 그런 예측이 무시무시할 정도로 정확하게 맞아떨어질 때가 많(다).")[21] 독신 할머니 마플을 만들어내기 시작했고, 곧 푸아로보다 마플에게 더 큰 만족을 느끼게 되었다.

그리하여 1927년 12월 《로열 매거진The Royal Magazine》에 처음 발표한 크리스티의 단편 「화요일 밤 모임」에 처음 등장한 마플은, 고운 검은색 비단 드레스와 검은색 레

---

21 애거서 크리스티, 『애거서 크리스티 자서전』, 김시현 옮김, 황금가지, 2014, 644, 646쪽.

이스 장갑과 레이스 캡 차림으로 뜨개질을 하며 '똑똑한' 사람들이 벌이는 범죄 토론에 조용히 귀를 기울이는 모습으로 묘사된다. "똑똑한 신사 분들이 이렇게나 많으니까요. 나야 똑똑한 축에도 못 들겠지만 세인트 메리 미드에서 몇십 년을 사는 동안 인간의 본성에 대해 많은 걸 깨닫게 됐답니다." 그러나 토론이 이어지는 사이, 이 자리에 모인 어떤 사람보다 마플이 나약하고 어리석으며 이기적인 인간 본성에 대해 가장 예리하게 이해하고 있다는 사실이 드러난다. 심지어 이 화요일 밤의 모임에서 젊은 화가 조이스는 "이 게임에서는 제가 여러분 모두를 이길 수 있겠군요. 유일한 여성일 뿐 아니라—어쩌고 저쩌고 해도 여자는 남자하고 다르게 직감이 발달했다는 거 알고들 계시겠죠?—화가이니까요."라고 선언하며, "모두 몇 명이죠? 하나, 둘, 셋, 넷, 다섯 명이네요? 여섯 명이면 좋을 텐데."라며 마플을 '대화하고 토론할 수 있는 상대'에서 아예 제외한다. 뜨개질하는 할머니는 '추리하는 인간'의 표상으로 도저히 떠올릴 수 없는 대상인 것이다. 마플이 "나를 빼놓으셨군요."라고 부드럽게 지적하자 조이스는 그제야 마지못해 "함께해주신다면 영광이죠."라고 답한다.[22]

나이 든 독신 여성에 대한 세간의 인식은 그때나 지금이나 크게 다르지 않다. 하지만 크리스티뿐 아니라 작가 도로시 L. 세이어스는 할머니 탐정이라는 캐릭터에서 새로운 가능성을 발견하는 안목을 가졌던 것 같다. 세이어스가 크리스티에게 보낸 유명한 편지 한 구절을 보자.

"친애하는 늙은 암코양이(원문은 'Dear old Tabbies'. '다정한 독신 할머니'로 옮길 수 있다.)는 제대로 된 여성 탐정이 가능해지는 유일한 수단이죠. M 양은 정말 사랑스러워요…. 당신이 지금까지 만든 인물 중에 거의 최고의 인물이 아닐까 합니다."[23]

작가들이 홈스와 푸아로 같은 익숙한 남성 탐정이 아닌, 반대편 극단에 있는 인물이라 할 수 있는 할머니를 새로 주목하게 된 데에는 당시 상황의 영향이 컸다. 버글런드는 "(1차 세계대전 종결에서 2차 세계대전 발발까지의 시기인) 전간기 시대 영국에는 결혼하지 않은 여자들의 수가 급증했고, 할머니가 되었거나 중년에 이른 독신 여성은 독자들이 쉽게 알아볼 수 있고 친근감을 느낄 수 있는

---

22 애거서 크리스티, 「화요일 밤 모임」, 『열세 가지 수수께끼』, 이은선 옮김, 황금가지, 2003, 11~29쪽.

23 〈www.agathachristie.com/stories/the-murder-at-the-vicarage〉.

익숙한 대상"이었기 때문에, 작가들이 "이중 게임"을 벌였다고 지적한다. "그들은 전통적 여성 스테레오타입을 활용한다. 우스꽝스러운 노처녀라는 익숙한 이미지를 끌어오되, 그것을 전복하고 깨뜨리는 것이다." 이와 같은 전략은 작가들의 예상대로 잘 먹혀들었고, '뜨개질 단체 the knitting brigade'라고도 불리던 독신자 할머니 탐정 캐릭터는 1960년대까지도 명맥을 유지하며 인기를 끌었다고 한다.[24]

즉 홈스가 19세기 말 자신만만한 '대영제국'의 영혼을 대변했다면, 마플은 1차 세계대전이 끝난 다음 (19세기 말과는 사뭇 다르게) 어느 정도 경제적 자유와 이동의 자유를 얻게 된 당대 여성들의 움직임을 살며시 드러내 보여주는 인물이었다.[25] 심지어 마플은 (나중에 1940~50년대

24 Birgitta Berglund, 같은 책, 144~145쪽. 버글런드는 이 글에서 니콜라 보면의 책의 한 구절을 인용하며 그와 같은 여성 캐릭터와 여성 작가 사이의 상관관계에 대해서도 비슷한 추측을 할 수 있지 않을까 하고 묻는다. "1차 세계대전 이전에는 남자 작가 4~5명당 여자 작가 1명 정도의 비율이었다. 양차 대전 사이에는 여성 작가의 수가 늘었다. 나는 이것이 남자들이 사망했고 그 때문에 여성들이 결혼을 하지 않았기 때문이 아닐까 추측해본다. 결혼을 하지 않은 여성에게는 여가 시간이 주어지고, 아주 많은 경우에 남자 형제들 또한 죽었기 때문에 여성들에게 유산이 남겨졌다. 그런 상황에서라면 글을 쓰고자 하는 여성들이 늘어나게 된다."

25 물론 전간기 여성들의 '자유'는 다소 제한적으로 '허용'되었다고 말하는 쪽이 정확할 것이다. 크리스티는 1920년대 초반의 상황을 이렇게 설명했다. (앞에서도 말했지만 제인 마플이 단편으로 처음 등장한 시기는 1927년이다.) "요즘 같으면 '일자

미스터리 소설의 주요 스타일이 된 하드보일드에서처럼) 전쟁 터에서 살아 돌아온 남성들의 일자리를 노리거나 그들을 성적으로 안달 나게 만들고 결국 파멸로 몰아가는 위험천만한 젊은 여성도 아니다. 어느 모로 보나 무해하고 사랑스럽고 편안하며 어떤 의미에서는 조금 괴짜 같고 우스꽝스러운, 좀더 거칠게 말하면 쉽게 '무시'할 수 있는 존재다.

일반적으로 남 엿보기 좋아하고 소문 퍼뜨리기를 즐기는 '뒷방 늙은이들'[26]은 미스터리 소설 속에서 결국 (지나친 호기심 때문에 뭔가를 알아버려서) 살해당하는 희생자거나, 넉살 좋은 탐정이 살살 꼬드겨서 원하는 정보를 얻어내는 도구로만 쓰이곤 한다. 현실만큼이나 소설 속에서도 그들에 대한 혐오의 감정은 거의 숨겨지지 않는다.

마플 같은 할머니에 대한 악감정(아예 무성無性적인 무언가로, 혹은 아예 존재하지 않는 무언가로 취급하는 것과는 별

리를 얻겠어요'라고 말했겠지만, 1923년에 이는 말도 안 되는 생각이었다. 전쟁 때 공군 여자 보조 부대, 육군 여자 보조 부대 등이 생겼고, 군수 공장이나 병원에서 여자들이 일하기는 했지만, 이는 모두 임시직일 뿐이었다. 회사나 공직에는 여자를 위한 자리가 전혀 없었(다)."(『애거서 크리스티 자서전』, 458쪽)

26 "나처럼 나이 많은 여자들은 항상 기웃거린답니다. 그렇지 않으면 오히려 이상하고 눈에 띄지 않겠어요?"(애거서 크리스티, 『살인을 예고합니다』, 이은선 옮김, 황금가지, 2013, 171쪽.)

도로)은 크리스티 소설들에서도 자주 언급된다. 마플의 장편 데뷔작이기도 한 『목사관의 살인』에서는 소설이 시작하고 몇 페이지 지나지 않아 '그 말 많은 할머니'에 대한 혐오가 곧장 등장인물의 입을 빌려 표현된다.

"[그 끔찍스러운 마플 양은] 마을에서 가장 고약한 여자예요. 일어나는 일마다 사사건건 다 알려고 들고, 게다가 늘 최악의 결론만 내리죠."[27]

『살인을 예고합니다』에서 마플을 처음 소개받은 크래독 경위는 마플의 수다에 불편해하며 "노망난 할머니"(『살인을 예고합니다』, 130쪽)라고 혼자 생각할 정도다. 하지만 마플은 할머니들의 축적된 경험으로부터 비롯된 통찰력과, 때로는 심술궂고 악의적인 '남 얘기' 이면에 숨어 있는 일말의 진실을 옹호하겠노라고 자신의 입장을 정한다.

"마플 양, 지금 우리 모두가 혀를 지나치게 함부로 놀리고 있다는 생각은 안 드십니까? (…) 심술궂은 뒷공론으로 그 어리석은 혀를 함부로 휘둘러 수많은 해악을 일으킬 수 있

---

27   애거서 크리스티, 『목사관의 살인』, 김지현 옮김, 황금가지, 2007, 17쪽.

습니다."

"이런, 목사님."

마플 양이 말했다.

"목사님은 정말이지 속세의 때가 묻지 않은 순수한 분이세요. 저처럼 사람들의 품성에 대해 오랫동안 관찰하다 보면 사람에게 너무나 많은 것을 기대해서는 안 된다는 생각을 하게 된답니다. 감히 말씀드리는데 객쩍은 수다와 잡담이 매우 고약하고 잘못된 일인 것은 분명하지만 그래도 종종 그 속에 진실이 있는 법이에요."(『목사관의 살인』, 34~35쪽)

물론 할머니 탐정에게는 놀라운 두뇌와 통찰력조차 빛을 잃게 만드는 약점이 존재한다. 육체적인 제약 말이다. 『버트럼 호텔에서』의 이와 같은 구절은 독자들의 마음을 아프게 한다.

"그녀는 한숨을 쉬고는 구석에서 품위 있게 딸깍거리는 근사한 괘종시계를 올려다보고 류머티즘을 감안하여 조심조심 일어섰다. 그녀는 천천히 엘리베이터로 걸어갔다."[28]

---

28 애거서 크리스티, 『버트럼 호텔에서』, 원은주 옮김, 황금가지, 2013, 33쪽.

또한 『패딩턴발 4시 50분』을 보면, 기차에서 던져진 시체가 숨겨졌다고 추정되는 어느 저택이 등장한다. 마플은 그 집에 몰래 들어가 제한된 시간 안에 시체를 찾아낼 만한 민첩성과 순발력, 뛰어난 육체적 능력이 없다. 그렇기에 젊은 파트너 루시를 가사도우미로 취직시켜, 자신은 '배후의 세력'으로 남은 채 안락의자 탐정으로서의 추리 활동에 집중한다.

할머니의 나약한 겉모습만 보고 속아 넘어갈 이들은, "부엌 개수대" 같은 마플의 내면을 모르기 때문에 그를 쉽게 과소평가한다. 독신 할머니라는 존재가 탐정으로서 뛰어난 장점을 발휘할 수 있는 이유이기도 하다. 미스터리 속 범죄 사건들에서 다수의 범인들이 '겉보기와 전혀 다른 속내'를 갖고 있다거나 'A인 줄 알았지만 사실 알고 보면 A인 척하는 B였다'라는 설정이 자주 등장한다는 점을 떠올려보자.

"내 추리 과정은 그리 독창적이라고 할 수 없답니다. 모두 마크 트웨인의 글 속에 들어 있거든요. 말을 찾은 소년 이야기 말이에요. 그 아이는 자기가 말이라면 어디로 갈까 생각했지요. 그리고 거기 갔더니 정말로 말이 있었잖아요."

"그래서 부인은 부인이 잔인하고 냉혹한 살인마라면 어떻게 할까 생각하신 겁니까?"

크래독은 이렇게 말하며 분홍색과 흰색이 어우러진 나약해 뵈는 마플 양의 얼굴을 유심히 들여다보았다.

"정말이지 부인의 정신력은…."

"내 조카 레이먼드는 부엌 개수대 같다고 말하곤 했지요. (…) 하지만 내가 늘 그애에게 말했듯이, 개수대는 꼭 필요한 가정 설비랍니다. 실제로 아주 위생적이기도 하고요."[29]

푸아로의 경우, 같은 장소에 오래 머무르지 않는 것처럼 보였다. 언제나 어딘가 여행 중이거나 혹은 이번에야말로 정착해보겠다면서 어떤 지역의 집을 구매한다. (그 결심은 그리 오래 가지 못한다.) 그가 맞닥뜨리는 사건들은 늘 자신이 잘 알지 못하는 사람들과 장소들에서 벌어진다. 그래서 사건과 희생자와 범죄자를 이해하기 위하여 언제나 모든 추리/탐색 과정을 처음부터 다시 시작해야 한다. 푸아로가 사건을 알아가는 과정이, 독자들이 사

29　애거서 크리스티, 『패딩턴발 4시 50분』, 박슬라 옮김, 황금가지, 2007, 139쪽.

건을 알아가는 과정과 보조를 맞춘다. 독자 입장에서야 당연히 그래야 하지만, 작가 입장에서는 사실상 작품을 쓸 때마다 모든 설정을 다시 만들어야 한다는 점이 꽤나 골치 아플 수 있을 것 같다.

크리스티가 마플을 주인공으로 쓸 때는 확실히 그런 부담감이 덜해 보였다. 마플은 평생을 살아온 작은 마을 세인트 메리 미드를 중심으로(물론 예외적으로 세인트 메리 미드를 벗어나는 경우도 있긴 하다.) 자신이 잘 아는 사람들과 함께 범죄 사건을 파헤친다.

또한 푸아로는 어떤 사건을 맡더라도, 어느 정도의 냉정한 거리감을 잊지 않는(물론 그는 대단히 사교적인 사람으로, 외국인이라는 점 때문에 자신에 대한 배척감을 노골적으로 내비치는 사람들 사이에서도 흔들리지 않고 그 안에 스며들고야 말지만, 그렇다고 절대 속아 넘어가지도 않는다.) 탐정 특유의 시선을 유지한다. 푸아로는 어딜 가더라도 거기서 사건을 만난다. 사건이 그를 찾아낸다고 하는 편이 더 적절할 것이다. 그리고 푸아로는 자신에게 도전해오는 사건들을 멋지게 해결하고 표표히 떠난다. (이후 영국을 벗어나 미국에서 미스터리 장르가 발전하기 시작할 때, 자신들만의 미스터리의 근원 중 하나로 카우보이나 보안관으로 대표되는 서부 개척자가 등장하는 웨스턴 장르를 꼽는데, 이 역시 사건을 해결하고 떠나는 고독한 영웅의 뒷모습과 연결된다.)

마플의 경우, 이 할머니 탐정은 내키는 대로 여기저기 여행을 다니거나 이사를 다닐 수 없다. 평생 세인트 메리 미드에서 살았고, 이곳에서 편안하다. 그렇기에 자신이 평생 살아온 마을 공동체의 안전을 해치고 평화를 파괴하는 어떤 사건에, 누군가의 악의에 물러서지 않고 용감하게 맞선다.

자신의 거주지에서 일어난 사건들이므로 마플의 이 같은 탐정 행위는 (홈스가 젊은 여성 의뢰인들을 위해 행했던) 푸닥거리와 굉장히 비슷해진다. 물론 마을 곳곳에, 모든 사람 마음속에 배어들어 간 혐오와 증오와 분노와 악의를 모두 없애기란 불가능하지만, 적어도 그것이 살인이라는 형태로 폭발할 때 마플은 끝까지 범인을 추적한다. 누구라도 낯선 사람이 세인트 메리 미드를 찾아와 범죄를 저지르거나 혹은 희생자가 되면, 마플은 어떻게든 '유형'을 찾아내고 자신이 알았던 이들 중 닮은꼴을 끌어내 그 낯선 사람의 과거와 현재와 미래까지 파악한다. 사람들이 워낙 비슷하고, 자신들의 익숙한 사고 패턴과 행동 양식에 따라 움직이기 때문이다. 그리고 결국엔,

마플은 범인을 찾아내는 데 성공한다. 한 세기쯤 전이었다면 아마 마녀로 몰려서 곤욕을 치르고도 남았을 상황이지만, 크리스티의 소설 속에서 마플은 대단히 현명하고 예리하고 섬세한 안목을 가진 사람으로 인정받게 된다. 세인트 메리 미드는 마플 덕분에 다시 한번 가까스로 (일시적인) 평화를 유지할 수 있다.

양차 세계대전이라는 전 세계적인 비극이 끝나갈 때쯤에는 하드보일드라는 새로운 스타일의 미스터리가 떠올랐고, 과거에 연연하지 않으며 혼자서 묵묵히 범죄자들의 뒤를 쫓으며 내일이 없는 것처럼 돌진하는 고독한 사설탐정들이 등장한다. 어쩌면 마플의 경우도 그런 하드보일드 탐정들과 크게 다르지 않다고 생각해볼 수 있지 않을까. 남편/약혼자도, 아버지도, 오빠나 남동생도 이미 먼저 세상을 떠났기 때문에 자신의 가계와 안전을 홀로 돌보고 지켜올 수밖에 없었던 여성, 자신이 정말 어떤 사람이었는지 자잘한 과거사까지 알고 있는 이가 아무도 남지 않은 여성, 그저 죽음의 마지막 순간까지 혼자 걸어가야 하는 여성.

"무슨 뜻인지 알아요. 나를 기억해주던 마지막 사람이 떠나고 혼자가 된 기분. 나도 조카가 있고 다정한 친구들이 있지만 어렸을 적 내 모습을 아는 사람은 한 명도 없답니다. 아주 오래전 이야기를 함께 추억할 사람이 없지요. 난 아주 오랫동안 혼자로 지내왔답니다."(『살인을 예고합니다』, 262쪽)

어떤 사건의 진범을 찾아내기까지, 1930년대 영국의 할머니 마플은 작은 마을 이곳저곳을 누비며 전쟁 이후 영국 대도시뿐 아니라 시골로까지 사정없이 밀려들어 온 낯선 이들(유럽뿐 아니라 아시아나 아프리카에서도 넘어온 이들)을 상대하고 가늠하며 그들의 가면 뒤쪽을 살펴야 한다. 그런 작업은 분명 고단하다. 하지만 그만큼이나, 이 범죄자들 역시 마플이라는 할머니의 이면을, 진짜 정체를 파악하기 힘들다.

마플의 과거는 이제 자신만이 알고 있는 사적인 비밀이 되었다. 그가 어떤 식으로 사람들의 어두운 내면을 훤히 들여다볼 수 있는지 범죄자들은 알지 못한다. 범죄자들에게 이 상냥하고도 단호한 독신 할머니는 영원히 미지의 대상으로 남게 된다.

도로시 세이어스의 노련한 정보원들

한편 '친애하는 늙은 암코양이들'에 대해 애정 어린 찬사를 바쳤던 당대의 또 다른 작가 세이어스의 경우는 어떨까? 세이어스 역시 피터 윔지 경이라는, 백인-남성-귀족(부르주아도 아닌 그야말로 '정통' 상류층)의 정체성을 가진 세련된 명탐정을 창조했지만, 윔지와 함께 탐정 업무를 수행하는 짝패로서 여성들을 내세우는 쪽을 선택했다. 윔지가 '비밀 요원'으로 고용한 캐서린 클림슨, 그리고 윔지의 연인이자 결국 동반자가 되는 해리엇 베인이 대표적인 예다. 대개 황금기의 탐정 이야기들은 홈스와 왓슨 박사, 푸아로와 아서 헤이스팅스, 네로 울프와 아치 굿윈(렉스 스타우트의 탐정 콤비)처럼 남성 짝패를 만들어냈다는 걸 기억하자. 우정과 애정의 경계선을 넘나드는 이 공고한 남성 연대의 클리셰는 이성적이고 정의로우며 범죄를 해결하는 쪽이 '남성'이라는 설정이 '자연스럽다'

는 분위기를 형성하는 데 일조했다. (앞서도 언급했다시피 여성은 희생자이거나 악당으로 등장했고, 탐정 역할을 '자연스럽게' 부여받지는 못했다.)

중년의 독신 여성 캐서린 클림슨은 세이어스의 1927년 작 『부자연스러운 죽음』(김영애 옮김, 블루프린트, 2015, 전자책)에서 처음 소개된다. 뛰어난 기억력과 이해력을 타고난 클림슨은 "이 나라가 인재를 제대로 활용하지 못한다는 사실을 명백하게 보여주는 증거"로 일컬어진다.

"어리석기 짝이 없는 사회 제도 때문에 아직 능력이 있는 수천 명의 노처녀가 할 일이 없으니 호텔이다 여관이다 우체국 같은 곳으로 우르르 몰려다니며 그 좋은 능력을 남의 험담에 탕진하도록 내버려두는 일은 자신들에게도 낭비일 뿐만 아니라 우리 사회에도 해로운 일이야."

클림슨을 직접 채용한 윔지는 그가 자신의 '귀와 눈, 코'가 되어준다는 찬사를 퍼붓는다.

"나는 긴 양모 스웨터를 입고 뜨개질감을 챙겨 들고 목에 달랑거리는 목걸이를 두른 부인을 보내지. 그녀는 물론 여러 가지 질문을 하겠지만, 아무도 의심을 하는 사람은 없어. 놀라거나 경계를 할 필요도 없다고 느끼고, 그리고 이 방법의 장점은 소위 말하는 '남아도는 여성 인력'의 문제를 기분 좋고 유용한 방법으로 잘 처리할 수 있다는 거야."

윔지로부터 모종의 지시를 받은 클림슨은 어느 노부인의 죽음에 얽힌 수상쩍은 정황을 파헤치기 위해 낯선 마을에 도착한다. 그리고 노부인이 살던 저택 근처에 방을 얻고 마을 사람들과 차근차근 친분을 쌓아가는 등 자신의 목표물을 향해 거대한 나선형을 그리며 조금씩 파고든다. 가장 수상한 용의자에게 거의 가닿기 직전, 클림슨은 용의자가 거주하는 아파트 주민들에게 교회 후원신청서를 돌리는 봉사자인 척 접근하여 정보를 모으기 시작한다.

"타고난 호기심과 삼류 기숙학교에서 지내며 배운 것들, 즉 상대방에게 반감을 일으키지 않고 질문을 하고, 끈기 있고 적당히 무신경한 척하면서 주의 깊게 상대방을 살피는 기술이 드디어 진가를 발휘할 때가 온 것이다."

무던하고 선량해 보이는 중년 여성이 교회 살림을 도와달라고 호소하는 무해한 몸짓을 경계할 사람이 (클림슨의 얼굴을 이미 알고 있던 살인자 말고는) 과연 있을까? 주변 사람들에게 별다른 의심을 사지 않은 채 수상쩍은 용의자의 평판과 뒷소문을 끌어내는 데에는 수더분한 중년 여성이 매우 적합했다는 뜻이다.

물론 클림슨이 부지런히 모아온 정보들을 활용하여 흩어진 단서들을 하나로 연결해 사건을 해결하는 몫은 윔지에게 돌아간다. 클림슨은 그런 의미에서 마플보다는 브룩이나 몰리 같은 선배들의 활동의 연장선상에 속하는 존재다. 다만 1차 세계대전 이후 영국 사회의 공고한 계층과 성별의 위계질서에 어느 정도 변화의 바람이 불기 시작했고, 여성들이 '정탐' 업무를 맡아 활동하는 것이 브룩이나 몰리의 시대처럼 '부끄럽게' 느껴지지는 않았던 시대 상황이 잘 반영된 캐릭터라고 할 수 있겠다.

세이어스의 다음 작품 『맹독』(박현주 옮김, 시공사, 2011)에서는 또 다른 변화가 찾아온다. 무엇보다 해리엇 베인이 등장한다. 미스터리 작가로 생계를 꾸려가는 베인은 윔지를 능가하는 위트와 지식을 갖추었고, 윔지는 그를 보자마자 첫눈에 사랑에 빠져 정신을 차리지 못한다. 이 부분이 왜 중요하냐면, 세이어스가 활동하던 미스터리의 황금기 초반에는 엄격한 규칙들이 꽤 중요하게 여겨졌기 때문이다. 동시대 작가 로널드 녹스가 "크리켓에 규칙이 필요하듯" 추리소설에도 규칙이 필요하다고 주장하며 열 가지 규칙[30]을 내세웠고, 또 다른 유명한 작가 S.S. 밴 다인 역시 스무 가지 규칙[31]을 열거하며 이 같은 규칙들에서 벗어나지 않아야만 작가와 독자의 공정한 게임이 성립한다고 못 박았다. 밴 다인의 세 번째 규칙이 바로 '탐정의 연애 금지' 조항이다.

"연애 관계는 금지된다. 지금 우리가 하는 일은 범죄자를 정의의 법정으로 넘기는 것이지, 사랑에 번민하는 커플을 결혼의 제단으로 보내는 게 아니다."

그런데 누구보다도 이 계명을 잘 알고 있었을 세이어스는 크게 망설이는 기색 없이 『맹독』에서 연애 금지 규칙을 어긴다. 웜지는 남자 친구를 독살한 혐의를 받는 피고인으로 재판정에 선 베인을 보자마자 사랑에 빠져 그가 무죄라고 확신한다. 사실 위험한 설정이다. 이후의 누아르 소설/영화에 익숙한 독자들이라면 초반의 이 장면에서부터 '아니, 베인이 진범이고 그가 웜지를 유혹해서 이용한다는 식으로 전개되겠지'라고 상상할 것이다. 하지만 다행스럽게도 세이어스는 그런 술책에는 관심이

---

30 ⟨en.wikipedia.org/wiki/Golden_Age_of_Detective_Fiction⟩.

31 ⟨https://www.speedcitysistersincrime.org/ss-van-dine---twenty-rules-for-writing-detective-stories.html⟩.

없었고, 오로지 '탐정이 사랑에 빠진다'는 감정의 변화 자체가 이 소설의 제목이자 살인의 도구인 '맹독'과 어떻게 맞물리며 극적 갈등을 고조시키는지에 집중한다. 그리고 미리 스포일러를 해버리자면, 베인은 이 작품 이후 지속적으로 세이어스의 미스터리에 등장하고 윔지와의 밀고 당기는 연애 관계를 유지하며 탐정 업무의 동료로 활약하다가, 결국 윔지와 결혼에까지 이르고 아이를 셋 낳는다.

다시 한 번, 연애 감정은 자신의 예민하고 정련된 정신 상태를 망가뜨리는 불순물에 불과하기 때문에 그런 정서적인 관계를 맺을 생각이 전혀 없다고 단언하던 홈스와 윔지의 차이점을 비교해보게 된다. 불과 몇십 년 차이에 불과하지만, 세이어스는 동료 작가들 대부분이 도일이 만들어놓은 명탐정의 전형성에서 빠져나오길 머뭇거리고 있을 때 굉장히 매끄럽게 로맨틱 코미디와 미스터리를 결합하며, 행복한 결혼과 안정된 가정생활이 탐정의 주의를 흐트러뜨리는 방해물이 아니라는 점을 웅변했다. 윔지와 베인은 그런 면에서 홈스의 선언과 밴 다인의 근엄한 규칙을 조용하지만 확실히 산산조각 내는 커플이 되었다.

다시 『맹독』으로 돌아오면, 베인은 굉장히 현대적인 캐릭터로 받아들여지는, 어떤 의미에선 당대의 점잖은 독자들에게 큰 충격을 안겼을 법한 인물이다. 그는 "아주 엄격한 종교적 원칙에 따라 교육 받"았지만, "스물셋의 나이에 혼자 힘으로 세상에 나와 자기 삶을 꾸려야" 했고 이후로 6년 동안 "아무에게도 빚지지 않고 다른 사람의 도움도 받지 않은 채 정당한 방법으로 독립적으로 살아왔"(『맹독』, 11쪽)다. 그는 미스터리 작가로서 상당한 인기를 누렸기 때문에 경제적으로 곤궁하지 않았다. 그렇기 때문에 연인 보이스가 결혼을 미적거리며 무책임한 태도를 보여도 연연하지 않았고, 공개적인 연인으로 지내는 것을 받아들인 상태였다.

하지만 보이스가 마음을 바꿔 결혼 제도 안으로 자진해서 들어가겠다고 제안하자 오히려 베인이 그것을 거절한다. 베인 입장에서는 보이스의 입장 변화가 모욕으로 느껴진 것이다. 지금까지는 관습을 거부하는 공개적인 관계, 주변 사람들에게 '부도덕하다'라고 욕을 먹는 관계도 일종의 특별한 생활방식이자 태도로서 동의하고 받아들였지만, 시간이 한참 지나서 갑자기 관습을 받아들이겠다고 선언하는 보이스의 태도가 거꾸로 보잘것없게 느껴진 것이다.

베인은 결혼 신청을 거절했고, 둘은 크게 싸웠으며, 얼마 뒤 보이스는 독살 당했다. 베인은 문제의 독약을 구입한 전력이 있었고(현재 집필 중인 미스터리 소설에 들어갈 트릭으로 사용하기 위해 독약을 조사하던 것뿐이라고 해명했다.), 이제 가장 유력한 용의자로 몰렸다. 가해자일 수도, 피해자일 수도 있는 이 독립적이고 흔치 않은 여성의 모호한 형상은 『맹독』의 마지막 페이지에 이르기까지 로맨틱한 긴장감을 더한다.

전작에 나오는 '행동하는' 탐정 클림슨도 여기서 빼놓을 수 없다. 그리고 클림슨보다 조금 더 어린, 아마도 윔지와 처음 만났을 때 클림슨이 이런 모습이었겠거니 하고 짐작하게 만드는 또 한 명의 여성이 등장한다. 바로 클림슨의 사무실에 고용된 새로운 '요원' 조앤 머치슨이다.

잠깐 클림슨의 사무실('고양이 우리'라는 별칭으로도 불린다.)을 들여다보도록 하자. 전작 『부자연스러운 죽음』에서만 해도 클림슨 혼자서 윔지의 다양한 의뢰를 척척 해결했지만, 윔지의 명성이 높아지고 그가 맡게 되는 사건들도 훨씬 더 복잡하고 어려워지면서 더 이상은 클림슨 개인의 힘만으로 정보 수집 업무를 전부 해낼 수 없음을 인정한 것이다.

"여기 고용된 이들은 다 여자이고 대부분이 나이가 지긋했지만 몇몇은 젊고 매력적이었다. 강철 금고 안에 있는 개인 기록을 보았다면 이 여자들이 모두 세간에서는 냉혹하게도 '잉여'라고 표현하는 계층의 여성들임을 알았으리라. 이들은 쥐꼬리만 한 고정 수입이 있거나 전혀 수입이 없는 독신 여성들이었다. 혹은 가족이 없는 과부나 바람 따라 떠돌아다니는 남편에게 버림받고 알량한 위자료로 살아가는 여자들로, 대부분은 클림슨 양 밑에서 일하기 전에는 브리지나 하고 하숙집 뒷소문을 떠드는 것 외에 할 일이라곤 아무것도 없었다. 또 은퇴하고 세상에 지친 학교 선생들이나 일거리가 떨어진 배우들, 모자 가게나 다방을 하다가 실패한 용감한 사람들도 있었다."(『맹독』, 80~81쪽)

인용한 문단에서 서술한 바와 같이, 클림슨은 자신들에게 어떤 재능이 있는지 미처 알아차리지 못한 채(그걸 깨달을 기회가 제대로 주어진 적도 없었다.) 불만과 불안에 가득 차 허송세월하던 여성들을 날카로운 안목으로 골라내어 자신의 영역으로 끌어들였다. 조앤 머치슨도 그중 한 명이었다. 12년 동안 어느 사업가의 비서로 일하다가 서른일곱 나이에 느닷없이 실업자가 된 머치슨은 힘겨운 구직 활동에 나섰고, "대부분의 사람들은 젊고 싸게 먹히는 비서를 원"(『맹독』, 222쪽)한다는 사실에 실망했다. 지금까지 착실하게 쌓아온 업무 능력을 높이 사는 게 아니라, 여성을 젊고 예쁘고 저렴하게 부릴 수 있는 임시 일꾼으로나 취급하는 풍조를 확인할 수 있는 대목이다. 그러다가 머치슨의 구직 광고를 본 클림슨한테서 연락이 왔고, 머치슨은 클림슨과 함께 윔지의 탐정 업무에서 중요한 일부를 수행한다.

『맹독』에서 머치슨은 수상쩍은 사업가의 사무실에 위장취업하고, 그가 몰래 숨긴 고객의 유언장을 찾아내는 첫 번째 임무를 완수하기 위해 사무직 인생을 사는 동안 갈고닦았던 연기력과 위장술을 능숙하게 발휘한다. 화이트칼라 남성들이 지배력을 발휘하는 사무실 밀집 지역에서 비서로 조용하게 '보조'하기만 하는 중년의 여성 비서가 전혀 주목받지 못한다는 점을 머치슨이 효과적으로 역이용하는 것 자체가 굉장히 즐거운 풍자 코미디로 읽힌다. 심지어 머치슨이 감시해야 하는 수상쩍은 상사가 거리에서 (자신을 감시 중이던) 머치슨을 발견하고 공

연히 대화를 시도하는 장면은 정말 재미있다. 머치슨은
뒤늦은 연애를 꿈꾸는 '철없는 노처녀'를 연기하며 위기
상황을 모면한다.

크리스티의 마플이 '자그마하고 수다스러운 할머니'
에 대한 스테레오타입을 기꺼이 활용하면서 멋지게 전복
시키는 이중적인 역할 놀이를 벌였던 것처럼, 세이어스
의 클림슨과 머치슨은 전후 영국 중하층 여성들의 생계
의 조건과 양상을 투명하게 드러내 보이면서 자신들이
안락의자 탐정의 한계를 유머러스하게 극복할 수 있는
존재임을 입증했다.[32] 『맹독』에서 윔지의 지령을 받고 런

---

[32] 부차적으로 덧붙이자면, 마플이 해결하는 사건 중 『살인을 예고합니다』가 세이
어스의 클림슨과 머치슨을 연상시키는 여성들의 전후의 삶을 상당히 구체적으로 묘
사한다는 걸 지적해두어야 한다. "코듀로이 바지와 전투복 차림의 힌클리프 양은 삶
은 감자 껍질과 양배추 밑동이 부글부글 끓는 대야"(21쪽)에서 닭에게 먹일 사료를
직접 저어 만든다. 살인이 예고되었고 실제로 벌어진 저택 리틀 패덕스에서는, 남편
이 전쟁 중에 이탈리아에서 전사했고 어린 아들이 사립 초등학교를 다니기 때문에
생활비와 학비를 직접 충당해야 하는 혜임스 부인이 보조 정원사로서 숙식을 제공
받는다. "혜임스 부인은 좋은 집안 출신이에요. 게다가 가엾은 전쟁미망인을 돌보는
건 우리 모두의 임무죠."(111쪽) 그리고 여기선 "이름을 제대로 발음하기가 아주 힘
든 외국 난민"(88쪽)이 요리사로 일한다. 나치로부터 도망친 것으로 추정되는 난민
미치는 가족이 모두 죽은 가운데 혼자 영국으로 가까스로 건너와 "우리나라였으면
하지도 않았을 일"(38쪽)을 한다. 그는 경제학을 전공하며 "비싼 대학 교육"(96쪽)
을 받은 자신이 요리사로 일한다는 것에 불만이 많다. 마플은 전쟁 이후 작은 시골
마을조차도 익명성의 불안에 시달리게 되었음을 지적한다. "이런 이웃들의 신상명
세야 당사자가 하는 말을 믿을 수밖에 없지 않겠어요? 요즘은 전 세계에서 사람들이
영국을 찾아오지요. 인도, 홍콩, 중국에서 건너온 사람들, 프랑스와 이탈리아의 외딴
섬에 살던 사람들. 그리고 적으나마 퇴직해도 될 만큼 돈을 모은 사람들. 하지만 이

던에서 한참 떨어진 마을로 정체를 감춘 채 잠입하는 클림슨이 보낸 편지의 일부를 인용해보자. 먼저 이 편지는 1930년 1월 1일에 쓰였다.

"늦게 도착하긴 했지만 스테이션 호텔에서는 쉽사리 편안한 방을 구할 수 있었습니다. 옛날에는 미혼 여자가 여행 가방을 들고 한밤중에 홀로 도착하면 조신한 여자로 보진 않았죠. 세상이 얼마나 달라졌는지! 이 나이까지 살아서 그런 변화를 볼 수 있다니 참 감사하죠. 구식인 사람들은 빅토리아 여왕 시대에는 여자들이 더 예절도 바르고 정숙했다고들 하지만, 옛날 환경을 기억하는 사람들은 여자들이 얼마나 힘들게 수모를 겪으며 살았는지 잘 알고 있으니까요!"(『맹독』, 273쪽)

마을에 무사히 안착한 클림슨은 재산 상속을 둘러싸고 벌어진 사악한 범죄의 꼬리를 밟는 데 중요한 정보를 쥐고 있는 간호사에게 접근한다. 간호사가 심취한 '정신주의'를 활용하는 수다스럽고 희극적인 강령술 시퀀스가

들이 실제로 어떤 사람인지는 아무도 모른답니다. (…) 요즘 사람들은 상대방을 겉모습 그대로 평가하지요. 친구한테 누구누구는 참 좋은 사람이다, 나하고 평생 알고 지내온 사람이다 하는 편지를 받을 때까지 기다리지도 않아요."(172쪽) 마플의 불안을 이해 못 할 바는 아니지만, 이와 같은 불안정한 환경이 중하층 여성들에게는 남성들의 '보호'를 기다리지 않고 새로운 기회를 직접 찾아나설 수 있는 토양이 되기도 했다는 점이 아이러니컬하다.

몇 번이나 거듭된 다음에, 클림슨은 마침내 목표물인 유언장에 손을 뻗는 데 성공한다. "이 세상의 온갖 고통과 슬픔을 다 겪고 비참했"(『맹독』, 293쪽)다고 인정하는 외롭고 유능한 독신 여성의 불안을 너무나 잘 알고 있기 때문에, 클림슨은 간절하게 외부의 힘을 믿고 싶어 하는 간호사의 소망을 (굉장히 미안해하면서) 이용하여 정보를 빼낸다. 남성 스파이들의 근사한 언더커버 게임과는 또 다르게 중년 여성들이 주도권을 쥔 신랄한 재미와 날카로운 풍자의 가면놀이가 펼쳐지는 것이다.

윔지도 나중에 이르면 『광고하는 살인』(이시언 옮김, 동안, 2014)에서 카피라이터로 위장취업하며 살인 사건을 조사하기도 한다. 하지만 초/중기 탐정 시절의 윔지는 귀족 탐정이라는 정체성이 워낙 확고했기 때문에, 발로 뛰는 현장 취조는 타인에게 하청을 줘야만 했다. 그리고 하청을 받은 클림슨이나 머치슨 같은 여성들이, 19세기 중후반 소설 속 여성 탐정들과는 다르게 분업화된 탐정 업무의 일부를 자신의 전문 분야로 확보할 수 있었다. 이들이야말로 왓슨 박사나 헤이스팅스보다는 탐정에게 훨씬 더 실질적인 도움이 되는 비장의 카드였던 셈이다.

소녀 탐정 낸시 드루

마지막으로 이 시기 여성 탐정의 특별한 사례인 '소녀 탐정' 낸시 드루를 간단하게라도 짚고 넘어가야 한다. '어린 독자용'으로만 간주되며 미스터리 소설사에서 그렇게 중요하게 다뤄지지 않았던 낸시 드루는, 미스터리와 여성, 페미니즘과의 연관성을 진지하게 탐구하기 시작한 21세기에 다각도로 연구되는 대상이다.[33]

미국의 10대 초반 독자들에게 선풍적인 인기를 끌던 영 어덜트 미스터리 '하디 형제Hardy Boys' 시리즈의 남매 격으로 기획된 '낸시 드루' 시리즈는, 1930년에 시리즈 첫

---

[33] 초창기 미스터리 작가 중 한 사람인 애나 캐서린 그린의 탐정 바이얼릿 스트레인지(Violet Strange, 1914년에 처음 출간된 작품집에 등장)가 낸시 드루의 선배 격으로 평가받기도 한다. 사교계의 총아이자 고귀한 신분에 속하는 재능 넘치는 젊은 여성이 비밀 탐정 업무를 수행한다는 설정을 조금 더 현실화한다면 드루 같은 캐릭터가 나올 수 있다. 하지만 여성 독자들에게 끼친 영향력과 더불어, 오랜 세월에 걸쳐 사회적인 변화를 훨씬 발 빠르게 흡수하며 능동적으로 변화해갔다는 측면에서 드루는 스트레인지에 비할 수 없는 아이콘으로 인정받는다.

네 권이 출간되자마자 어마어마한 성공을 기록했다. 이는 "소녀들이 독자로서 발견된 최초의 순간과 맞아떨어진다".[34] 십 대 탐정의 '여왕'으로 단숨에 등극한 드루는, "소녀 독자들에게 액션으로 가득한 모험담 이상의 것을 주었다. (…) 통념에 의하면 소녀들은 소극적이고 정중하며 감성적인 존재다. 하지만 낸시는 대포알처럼 터져 나오는 소녀의 에너지를 보여주었다. 낸시는 관습을 굴복시켰고 힘을 향한 소녀들의 판타지에 따라 움직였다".[35]

드루가 많은 소녀 독자들에게(그리고 자신의 딸들에게 기꺼이 '낸시 드루' 시리즈를 사주었던 부모들에게) 어필할 수 있었던 것은, 매력적인 탐정일 뿐 아니라 매력적인 '소녀의 롤 모델'로 기능할 수 있었기 때문이기도 하다. 금발 머리에 푸른 눈의 미소녀, 어린 시절 어머니를 여의었지만 유명하고 유능한 변호사 아빠와 함께 무엇 하나 부족한 것 없이 성장하며 이제는 아빠의 오른팔 역할까지 수행할 수 있게 된 속 깊은 딸, 이웃(특히 여성 노인)의 불편

---

34 「Women of Mystery: Nancy Drew Revisited, A Conversation with Melanie Reyhak and Laura Lippman with Moderator David Ferriero」, September 14, 2005, p. 8. ⟨https://www.nypl.org/sites/default/files/events/women091405.pdf⟩.

35 Carole Kismaric · Marvin Heiferman, 『The Mysterious Case of Nancy Drew and the Hardy Boys』, Fireside, 2007. ⟨en.wikipedia.org/wiki/Nancy_Drew⟩에서 재인용.

한 상황에 깊이 공감하며 기꺼이 도움을 주려 하는 다정한 사회 공동체 구성원으로서 드루는, 그야말로 지나치게 완벽해서 현실적인 인물로 느껴지지 않을 정도다.

『비밀의 계단』(캐롤라인 킨, 홍자경 그림, 한국추리작가협회 엮음, 고려원미디어, 1994)에서 드루가 위험에 빠지게 되는 이유는, 의지할 데 없는 고령의 덴블 자매를 위협하는 존재와 낸시의 아빠를 협박하는 존재가 동일인이었기 때문이다. 다시 말해 흉악한 진범 앞에 용감하게 맞서서 덴블 자매와 아빠를 모두 구하려고 노력했기 때문이다.

"낸시는 나이와 주종 관계와 부모 자식 간의 경계선을 가로지르며 상호 존중의 성숙한 관계를 맺는다. 이를테면 가정부 해나와 아버지와의 관계를 보라. 낸시는 어린 소녀/자식으로서의 책임과 의무를 잘 선별하여 융합시킨다. 낸시가 아끼는 차 로드스터 덕분에 그의 자율성과 이동의 자유가 보장된다. 친구 베스와 조지, 네드를 향한 낸시의 애정은 진실되지만, 그 사적인 감정으로 낸시를 얽어맬 순 없다."[36]

재미있는 사실은, 드루가 이렇게 소녀들의 롤 모델

---

36   Margaret Kinsman, 「Band of sisters」, 『The Art of Detective Fiction』, p. 160.

로 자리 잡게 된 데에는 발행인의 '독단'이 어느 정도 작용했을 거라는 점이다. 이 시리즈의 작가들은 여럿인데 ('캐럴린 킨'이라는 작가 이름은 여러 명이 공유하는 필명이었다.), 그중에서도 밀드레드 벤슨이라는 작가가 틀을 잡았던 초창기의 드루는 "자신만만하고 유능하고 아주 독립적인 캐릭터"였다. 발행인 에드워드 스트래트마이어는 "거리낌 없고 심지어는 독단적이라고까지 볼 수 있는" 이 캐릭터가 "너무 튄다면서, 환영받지 못할 캐릭터"라고 말했다고 한다. "출판사 스트래트마이어 신디케이트 Stratemeyer Syndicate의 보수적인 편집자 해리엇 애덤스 역시 낸시가 좀더 '공감 능력이 있고 사랑스러우며 따뜻한 마음을 가진 소녀'여야 한다고 생각"했기 때문에, "'낸시가 말했다' 같은 문장은 '낸시는 부드럽게 말했다'라든가 '낸시는 따뜻한 말투로 말을 건넸다' 등으로 바뀌는" 사소한 변화부터 시작하여, 드루를 덜 공격적이고 더 공감하는 인물로 다듬었다고 한다.[37]

'낸시 드루' 시리즈가 20세기 중반의 영미권 소녀 독자들에게 미친 영향은 어마어마했다. 미국의 예를 들자

---

37 〈en.wikipedia.org/wiki/Nancy_Drew〉.

면 영부인 로라 부시, 영부인이자 국무장관 힐러리 클린턴, 연방대법관 루스 베이더 긴즈버그, 최초의 히스패닉계 대법관 소니아 소토마요르, 언론인 바버라 월터스와 다이앤 소여 등이 모두 어린 시절 '낸시 드루' 시리즈(한 권이 아니라 시리즈를 전부!)를 독파했으며 이 용감하고 똑똑한 탐정의 모험담이 자신들의 소녀 시절을 어떻게 사로잡았는지를 회고하곤 했다.[38]

이후 1980년대 하드보일드 탐정 V.I. 워쇼스키를 만들어낸 작가 새러 패러츠키는 자신의 주인공에게 낸시 드루라는 레퍼런스를 언급하곤 했다. "콘래드 롤링스 경사 같은 경우 빅에게 '내가 당신을 집까지 데려다줄 테니까 말리지 마, 낸시 드루'라고 말한다. 기자 머레이 라이어슨도 자신의 사무실에 도착한 빅에게 '낸시 드루의 현현'이라며 놀린다. (…) 심지어 워쇼스키 자신이 '지금의 나는 이런 사람이지. V.I. 워쇼스키. 여자 탐정Girl Detective. 비범한 멍청이'라고 일컫는 문장도 등장한다."[39]

---

38 〈https://www.washingtonpost.com/history/2019/03/15/nancy-drew-how-teen-detective-inspired-smart-girls-who-made-history/〉.

39 Isabelle Roblin, 「Nancy Drew Revisited: Female Private Eyes in Contemporary American Fiction」, 『Sillages critiques』(Online), 6 | 2004. 〈http://journals.openedition.org/sillagescritiques/1456〉; 〈https://doi.org/10.4000/

미스터리 작가 로라 리프먼은 낸시 드루가 미국의 여성 탐정 역사에서 얼마나 중요한 캐릭터인지 회상하며, 여성 작가들 다수가 '낸시 드루' 시리즈의 영향을 받았다는 사실을 명시했다.

"나의 캐릭터 테스 모나한은 여러 가지 면에서 낸시 드루의 후손이다. (⋯) 낸시는 새러 패러츠키와 수 그래프턴, 마샤 멀러 등 미국의 여성 사설탐정 소설계 1세대 작가들에게 어마어마한 영향을 미쳤다. 낸시가 없었다면 그들의 소설도 나오기 힘들었을 것이고, 그들이 없었다면 나와 테스 모나한 역시 존재하지 않았을 것이다."[40]

그러니까 어린 시절 '낸시 드루' 시리즈를 한두 권이 아니라 전 권 독파했다거나, 혹은 시리즈에 얼마나 열광했느냐에 따른 '줄 세우기'의 관점은 중요하지 않다. 해당 시리즈를 읽은 독자들이 성장하여 작가가 되고 자연스럽게 느슨한 무리를 형성하는 과정에서 낸시 드루가 공통의 요소로 언급되었기 때문에, 훨씬 이후에 등장한 후배 작가들도 그 시리즈가 자신들의 뿌리 중 하나임을

sillagescritiques,1456〉.

40 「Women of Mystery: Nancy Drew Revisited, A Conversation with Melanie Reyhak and Laura Lippman with Moderator David Ferriero」, p. 6.

인식하게 되었다는 뜻이다. 그리고 모두들 어린 시절에나 잠깐 열광하고 말 것이라 여겼던 저렴한 펄프소설 시리즈가 어느새 하나의 계보를 이루는 중요한 연결고리로 자리매김했다는 뜻이기도 하다.

참고로 드루는 바다 건너 북유럽의 소녀에게도 영향을 미쳤다. 스웨덴의 범죄소설 작가 리사 마르클룬드는 이렇게 고백한 바 있다.

"낸시는 뭐든지 할 수 있었다. 도둑잡기부터 펑크 난 타이어를 갈아 끼우는 것까지. 그렇다면 내가 못 할 게 뭐람? 낸시와 친구 베스, 조지는 일을 바로잡기 위해 남자들을 필요로 하지 않았다. 그들은 스스로에게 의지했고, 자신들의 방식으로 미스터리를 해결했다. (…) 내 소설의 주인공인 안니카 벵트손도 낸시의 여러 측면을 공유한다."[41]

'낸시 드루' 시리즈에 대한 비판도 당연히 존재한다. 모험을 즐기는 십 대 소녀 탐정이라는 긍정적인 측면에 반하는 시대적 한계, 즉 '가정부'를 거느리고 사는 부잣집 고명딸이자 아름다운 백인 소녀라는 설정이 피할 수

---

[41] 『죽이는 책』, 존 코널리·디클런 버크 엮음, 김용언 옮김, 책세상, 2015, 201쪽.

없는 비판의 대상이다. 미스터리라는 장르 자체의 보수적 속성(악은 반드시 처벌 받고 정의로운 선은 승리한다.)에 더해 '소녀'에게 요구되는 규범과 가치마저 여러 작가와 편집자, 발행인, 그리고 이 책을 자녀들에게 사주는 부모들의 시선을 경유하며 종합적으로 구현되어야 했던 픽션 주인공의 고충이 느껴지는 대목이다.

그럼에도 불구하고 1930~40년대 소년 독자들은 '하디 형제' 시리즈 말고도 갖가지 하드보일드 펄프소설과 코믹스, 심지어 영화 등을 통해서 감정이입할 수 있는 다양한 롤 모델들을 만날 수 있었지만, 십 대 소녀들은 (이웃에 사는 것 같은) 또래의 롤 모델을 다채롭게 찾기는 어려웠다. 짧지 않은 시간 동안, 드루는 폭넓은 인기를 누리는 거의 유일한 역할 모델로서 각기 다른 수용자들의 다양한 요구들을 혼자 충족시켜야만 했다. 드루에 대한 비판은 당연히 필요하지만, 당대에 왜 더 많은 드루가 없었는지를 질문해야 하지 않을까 싶다.

3장

누아르/하드보일드 소설 속 여성들

언제나, 여전히 "쌍년"

지금까지 여성 (프로페셔널/아마추어) 탐정들에 대해 이야기했지만, 사실 이런 예는 전체 탐정소설의 역사에서 말도 안 되게 적은 분량을 차지한다. 너무나 많은 홈스의 남자 후예들이 존재했다. 자신의 재능으로 충분히 돈을 벌기 때문에 사회와 적당히 거리를 유지하며 살 수 있고, 괴팍하며 기벽투성이지만 아무도 따라올 수 없는 뛰어난 추리 재능을 발휘해 제도권의 존중을 받는, 괜찮은 '직업인'의 지위를 꿰찬 명탐정의 자리는 언제나 백인-중년-남성이 최우선으로 고려되었다고 해도 과언이 아니다. 일종의 유리천장이라고 표현해도 괜찮을 것이다.

여성의 경우는 어떨까. 문학자 마저리 니콜슨은 고전 범죄소설의 역사를 이렇게 요약한 바 있다. "단역들을 제외한다면, 탐정소설에서 여성이 맡은 두 가지 중요한 역할은 희생자와 악당이다."[42] 여성은 탐정의 역할을 거의 부여받지 못했고 탐정의 조력자로도 활용되지 못했다. 언제나 죽임을 당하거나 죽이는 역, 어느 쪽으로든 대단히 '감정적'인 역할을 부여받았다. 합리적인 이성과 선과 정의의 편에서 사건을 해결하는 탐정이 아니라, 어떤 욕망 때문에 살해당하거나 살해하는 쪽에 국한되어 있었다는 뜻이다.

명탐정들이 앞다투어 화려하게 등장했던 '황금기'가 조금씩 저물어가던 무렵, 미국 대륙을 기반으로 미스터리계에서 본질적인 변화의 흐름이 나타났다. 황금기 시절의 명탐정들이 19세기 빅토리아시대의 부르주아의 부흥과 궤를 같이하는 존재였다면(아주 드물게 윔지처럼 '귀족'인 탐정도 존재하는데, 세이어스의 소설에서는 바로 그런 윔지의 귀족 지위와 윔지의 파트너로 등장하는 경찰이자 노동자인 찰스 파커의 소소한 불화가 지속적으로 등장한다. 귀족-아마추어-탐정은 진짜 직업인인 경찰의 위치와 상황을 제대로 이해하지 못한다.), 1920년대 무렵부터 현실 속 범죄자들과 현실 속 경찰들이 신문지상을 매일 오르내리며 독자들에

---

42 Marjorie Nicolson, 「The Professor and the Detective」(1974), Marty Roth, 『Foul & Fair Play: Reading Genre in Classic Detective Fiction』(University of Georgia Press, 1995, p. 119.)에서 재인용.

게 익숙한 존재가 되었고 그에 발맞춰서 발로 뛰어 사건을 해결하는 서민-직업인-탐정의 존재가 눈에 띄기 시작했다. 끔찍한 범죄를 쾌활한 수수께끼 풀이 게임으로 탈색시키는 시도나, 보수적인 권선징악 일변의 교훈담으로 흘러가는 식의 서사만으로는 더 이상 대중에게 환영받을 수 없었다.

그렇게 하드보일드의 시대가 열렸다. 그리고 하드보일드의 주인공 탐정들은, 황금기 시절의 명탐정에 비교했을 때 여성-악당에 대한 과민반응을 보였다. 많은 경우 혐오와 배척, 경멸에 가까운 감정으로 점철된 과민반응은, 또 다른 의미에서의 집착이거나 오해에 불과했다. 하지만 그런 혐오의 가면이 당대의 남성 독자들에게 워낙 환영받았기 때문에, 하드보일드 속 여성들은 예전보다 훨씬 더 무참하게 살해당하거나 처벌받는 결말을 (당연하다는 듯) 맞이했고 이것이 하나의 클리셰가 되었다. '팜 파탈'이라는 존재가 인위적으로 만들어진 것이다.

미국의 남성-작가들은 자신들과 비슷한 처지의 남성-독자들을 상정해 글을 썼다. 1차 세계대전이 끝나고 미국의 1930년대를 어렵게 만들었던 대공황이 시작되기 직전부터[43] 인기를 누렸던 하드보일드 장르에서, 작가들은 전쟁터에서 힘겹게 살아 돌아왔지만 사회에서 제대로 인정받지 못하고 있다는 분노와 피해의식을 거침없이 표출했다. 그중에서도 남자들이 자리를 비운 사이 여성들이 사회에 진출하여 '여자에겐 어울리지 않는 직업'을 가졌다는 점을, 그리하여 돈을 벌고 경제력을 키우면서 가정 이외의 세계를 알아갔다는 점을 가장 못마땅하게 여겼다. 남성 독자들의 입장도 크게 다르지 않았다. 그들은 일자리와 사회적 지위를 (전쟁 이전처럼) 돌려받길 원했지만 그것이 무산되자 전쟁터에서 얻은 상처와 고통이 여성 탓이라도 되는 것처럼 분노했다.[44]

'진짜' 현실은 어땠을까? (미국의 예는 아니지만) 전간기 영국에서 출간된 소설 속 여성들과 실제 여성들의 불일치에 주목한 니콜라 보먼의 연구를 인용해보겠다.

---

43 최초의 하드보일드로 꼽히는 작품은 캐럴 존 달리(Carroll John Daly)가 잡지 《블랙 마스크》에 1922년 12월 게재한 단편 「가짜 버턴 콤스(The False Burton Combs)」이다.

44 "고용주들은 세계대전 이전의 젠더의 질서를 회복하기 위해 남성 노동자와 여성 노동자를 분리하고 여성에게 더 낮은 임금을 지불하는 조치를 취했다. 수많은 미국인들은 임금을 직접 벌고 가족의 통제로부터 벗어난 곳에서 시간을 보내는 여성들 때문에 골치를 썩였다. 특히 중산층 백인 가족들 입장에서 일하는 여성의 존재는, 가족을 부양하는 남성과 가사를 책임지며 돌봄의 의무를 지는 여성이라는 통념을 뒤흔드는 존재였다." 「Gender on the Home Front」, 〈https://www.nationalww2museum.org/war/articles/gender-home-front〉.

"1914년 무렵 여성들은 전체 노동력의 3분의 1을 차지했는데(거의 500만 명에 가까운 숫자인데도), 작가들은 이 어마어마한 비율을 소설의 주제로서 다루지 않았다. (…) 그들은 여전히 연애의 대상으로서만, 혹은 남자들에게 언제 어떻게 조종받느냐의 여부에 따라 여성들의 삶을 썼다."[45]

동시대의 하드보일드 소설들은 여성이라는 생물학적 성별을 다룰 때 그런 현실을 반영하지 않았다. 작품을 쓰는 남성 작가들, 그리고 작품 속 남성 주인공들은 매혹적인 여성을 갈망하면서도 그 아름다운 얼굴 뒤에 비열한 꿍꿍이가 숨어 있을 것이라 여겼다. 죽음의 위협에 맞서 싸우며 살아온 거칠고 경험 많은 남성 탐정들이 마주치는 여성 캐릭터들은 기식자, 성실한 숙주에게 기생하는 존재처럼 묘사되었다. 남자들의 공백을 메우면서 새로운 경제적 활로를 찾고 성실하게 일했던 여성들의 노력은, 적어도 인기 있는 대중문화인 하드보일드/누아르 소설에는 제대로 반영되지 않았다. 대실 해밋, 레이먼드

---

45 Nicola Beauman, 『A Very Great Profession: The Woman's Novel 1914-39』, Birgitta Berglund, 「Desires and Devices: On Women Detectives in Fiction」, 『The Art of Detective Fiction』(p. 151.)에서 재인용.

챈들러, 미키 스필레인 등이 만들어낸 유명한 탐정들은 어마어마한 성적 매력을 풍기는 부잣집 여성들의 미끈한 자태에, 노골적으로 탐정의 명석한 두뇌를 흐리려는 목적으로 섹스를 제안하는 수상쩍은 여성들에게 지나치다 싶을 만큼의 분노와 경멸을 드러냈다. 그의 눈앞에서 왔다 갔다 하는 용의자들 중에는 남자가 더 많지만, 탐정의 격렬한 감정은 여성 용의자들에게만 직접 표출된다.

해밋의 『몰타의 매』에서 탐정 샘 스페이드는 팜 파탈인 브리지드에게 사랑을 느끼지만 결국 그를 경찰에 넘긴다. 브리지드가 진실한 사랑을 속삭이며 매달리지만, 스페이드는 매몰차게 뿌리치며 그 이유로 '손해 보지 않을 자유'를 든다. "누가 누굴 사랑하든 상관없어. 난 당신의 봉이 되지 않아. (…) 이젠 도와줄 수 없어. 할 수 있더라도 하지 않을 거야." 그는 여덟 가지 구체적인 항목을 들면서 "그게 전부 저울 한쪽에 올라가 있는 거야. 별로 중요하지 않은 것도 있겠지만 숫자를 보라고. 그럼 이제 저울 반대편에 뭐가 있나 볼까? 어쩌면 당신이 날 사랑할지도 모르고 내가 당신을 사랑할지도 모른다는 사실 말곤 쥐뿔도 없어."[46]라고 하며, 사기꾼 브리지드에게 매혹되었던 자신의 어리석음을 '손해 보았다'는 개념으로 파악한다. 그것을 벌충하기 위해, 스페이드는 과감하게 손을 털며 뒤돌아서서 경찰을 부른다.

레이먼드 챈들러의 탐정인 필립 말로의 거부 반응은 더 심하다. 그는 부유하고 아름다운 여성 의뢰인/용의자를 뱀파이어에 비유하곤 한다. 『빅 슬립』의 스턴우드 자매는 "썩은 웅덩이 물 냄새나 기름 냄새"[47]가 풀풀 풍겨나는 유전으로부터 가문의 부를 축적했고 이제 그 돈에 기생하여 삶을 아무렇게나 탕진하고 타인(이를테면 비비안의 남편 러스티 리건)으로부터 생명력을 빨아들이는 존재로 묘사된다.

『리틀 시스터』의 돌로레스 곤잘레스는 필립 말로와 키스하는 짧은 시간 동안 말로의 윗옷 주머니를 더듬어 지갑을 꺼낸 다음 "작은 뱀처럼 뻗은 손가락으로 뒤졌다". 돌로레스의 키스에 대한 말로의 묘사 역시, 원하는 것을 얻기 위해 무자비하게 뚫고 찌르고 훔치는 여성 뱀파이어 약탈자를 연상시킨다.

"그녀의 입은 이제껏 겪어본 어떤 입보다도 더 뜨거웠다. 입술은 드라이아이스처럼 타올랐다. 혀가 내 이를

46   대실 해밋, 『몰타의 매』, 김우열 옮김, 황금가지, 2012, 378, 380쪽.
47   레이먼드 챈들러, 『빅 슬립』, 박현주 옮김, 북하우스, 2004, 34쪽.

뚫고 세차게 파고들어왔다. 눈은 거대하고 검어 보였으며 그 밑에 흰자가 보였다."[48]

『안녕 내 사랑』의 헬렌 그레일과 키스를 나누는 장면은 어떤가.

"그녀의 입술에 가까이 다가가자 입은 반쯤 벌어져 혀는 이 사이에서 뱀처럼 낼름거렸다."[49]

또는, 1953년 제임스 본드라는 영국 첩보원을 처음 등장시킨 이언 플레밍의 기념비적인 하드보일드 액션 스파이 소설 『카지노 로얄』(홍성영 옮김, 뿔, 2011)의 마지막 문장이 "그 빌어먹을 여자는 죽었으니까The Bitch Is Dead Now."[50]라는 사실을 다시금 떠올려본다. 희생자로 이미 죽었건, 악당으로서 최후에 죽건, 고독한 남성들의 멋스러운 하드보일드 세계의 마침표는 '죽은 여자'가 담당한다는 사실을 말이다.

하드보일드 장르는 1950년대에 절정에 이르렀지만

---

48 레이먼드 챈들러, 『리틀 시스터』, 박현주 옮김, 북하우스, 2005, 124쪽.

49 레이먼드 챈들러, 『안녕 내 사랑』, 박현주 옮김, 북하우스, 2004, 196쪽.

50 여기서 "그 빌어먹을 여자"는 제임스 본드의 유일한 사랑으로 묘사되는 베스퍼 린드를 가리킨다. 본드는 이중첩자였던 베스퍼의 정체를 마지막에 가서야 깨닫고는, 그에게 바쳤던 자신의 사랑을 수치스러워하며 최대한의 경멸을 담아 그를 비천한 존재로 끌어내린다.

순식간에 특유의 차갑고 건조한 매력을 상실한 채 인기를 잃어갔다. 하지만 그 짧고 강렬한 전성기 동안, 남성 사설탐정들은 대단히 다양한 유형과 성격과 행동패턴을 실험하며 독자와 사회 전반을 향해 끊임없이 말을 걸었다.

마티 로스가 『파울 앤드 페어 플레이Foul & Fair Play』에서 설명하듯, 미스터리 소설에서 탐정을 제외한 모든 캐릭터들이 "냉담하게 쏘아보며 경멸하는 탐정의 시선 아래 끌려 나와 고발당하거나 추락할 수 있다. 특히 여성들이 가혹한 추락을 겪는다". 로스는 "남성 편력 심한 여자, 자기 잇속 차리는 여자, 고양이 같은 여자, 얼음 공주, 남자 같은 여자, 레즈비언, 노파, 마녀, 천사, 인형, 베이비 페이스, 어린 누이 모두 쌍년으로 융합된다."[51]고까지 서술한다. 여성이 탐정으로 활약하기는커녕, (작가가 여성이 아닌) 대부분의 경우에는 그저 '쌍년'의 변주로만 존재하는 것이다.

남성 작가들이 쓰고 남성 주인공이 등장하며 여성 범죄자를 경멸하고 처단하는 하드보일드 누아르 작품이

---

51 Marty Roth, 『Foul & Fair Play : Reading Genre in Classic Detective Fiction』, University of Georgia Press, 1995, p. 122.

압도적으로 많았지만, 그럼에도 불구하고 이에 대해 강력한 반격을 가하는 예를 끄집어내는 게 아예 불가능하진 않다. 여성 작가가 여성 인물을 중심에 두고 쓴 하드보일드 누아르는 분명히 존재했다.

먼저 비라 캐스퍼리의 1942년 작『나의 로라』를 들여다보자. 어떤 여성이 살해당한 뒤, 그를 둘러싼 세 명의 남성들이 각자의 입장에서 죽은 여성에 대한 격렬한 감정을 분출하면서 소설은 시작한다. 이 작품의 진짜 수수께끼는 '누가 로라 헌트를 죽였는가?'라는 질문을 푸는 데 있지 않다. 세 남자들의 시선, '남성적 응시male gaze'가 헌트에게 어떤 영향을 미쳤고 결과적으로 헌트가 어떤 식으로 그에 응수하게 되는가가 더 중요한 핵심이다.

"유리그릇에 푹 빠진 남자가 있는데, 자기 차지가 될 수 없는 아름다운 작품이 보이면 아무도 그걸 곁에 두고 감상할 수 없도록 일부러 깨뜨리기도 할까요?"[52]

52 비라 캐스퍼리,『나의 로라』, 이은선 옮김, 엘릭시르, 2013, 318쪽.

비라 캐스퍼리의 『나의 로라』[53]

뉴욕 도심의 호화로운 맨션, 정면에서 총알을 맞아 얼굴이 뭉개진 여성의 사체가 발견된다. 이 맨션의 거주자는 광고 회사의 유능한 임원 로라 헌트로 밝혀진다. 정치인들이 얽힌 큰 사건을 연달아 맡으며 명성을 떨친 형사 마크 맥퍼슨이 담당자로 배정된다. 그는 이런 '사소한' 사건을 억지로 맡게 되었다는 불퉁한 감정을 드러내며, 헌트가 이성관계가 복잡하고 사치스러운 여성이었다는 점으로 미루어 그저 그런 치정 살인이 아니겠느냐는 의견을 딱히 감추지 않는다.

"양다리를 걸치던 여자가 자기 아파트에서 살해당했습니다. 그래서요? 남자의 소행이겠죠. 그 남자만 찾으면 되는 겁니다."(16쪽)

---

[53] 이후 작품의 인용구들은 본문 괄호 속 숫자로 표기한다.

헌트와 절친한 관계였던 유명한 문필가 월도 라이데커는 비통함에 휩싸였지만 동시에 헌트에 대해 가장 잘 아는 자신이 죽은 헌트를 기리면서 영원히 그를 독차지할 수 있게 됐다는 기쁨을 숨기지 못한다.

"이제는 로라의 비문을 고민할 만한 기운이 돌아왔다. 갑작스럽고 잔인했던 그녀의 죽음에 탄식했지만, 노년까지 살았더라면 망각 속으로 사라졌을 내 친구가 그토록 처참한 죽음과 그녀를 흠모했던 어떤 이의 천재적인 능력 덕분에, 영생의 가능성을 쥐었다고 생각하니 위안이 됐다."(11~12쪽)

헌트의 약혼자이자 같은 회사에서 근무하는 셸비 카펜터는 당연히 슬퍼하지만 어쩐지 우물쭈물하는 기색이다. 그는 자신이 헌트보다 재능이 떨어지고 재력으로도 밀리고 있었다는 사실을 선선히 인정하지만, 그 내면이 과연 평온하기만 할까.

"'로즈 로 샌더스'에 취직했을 때 제 주급이 삼십오 달러였어요. 그녀는 백칠십오 달러를 받고 있었고요. (…) 잘나가는 그녀를 보며 분통을 터뜨리진 않았습니다. 워낙 똑똑해서 감탄스럽고 존경스러울 정도였으니까요. 그녀가 능력을 최대한 발휘하면 좋겠다고 생각했습니다.

하지만 남자로서 자존심이 상하기는 했죠. 저로 말할 것 같으면 여자는 남자와… 다르다는 교육을 받고 자랐으니까요."(42~43쪽)

이야기는 헌트를 둘러싼 남자들의 소유욕의 변화를 자유롭게 관찰하며 진행된다. 여기서 가장 먼저, 맥퍼슨의 내면에 변화가 일어난다. 그는 "그녀의 죽음이라는 수수께끼를 해결하려면 먼저 그녀의 삶을 둘러싼 미스터리를 파악해야 할 거요."라는 라이데커의 충고를 받아들여 헌트의 집 이곳저곳을 살피고 특히 책장에 꽂힌 책들에 깊은 인상을 받으며 편견을 서서히 떨쳐낸다. 그때까지 여자들이란 조금만 연애를 진행하면 바로 결혼부터 생각하고 남자를 옭아매는 멍청한 존재들이라는 가혹한 편견을 숨기질 않았는데, 책장을 보면서 헌트가 '그렇지 않은 여자'임을 깨닫고는 점점 매혹된다.[54]

---

[54] 사실 이 부분에 있어서는 작가 캐스퍼리 자신이 깊이 감정이입하며 자신의 거울상처럼 만들어낸 캐릭터 로라 헌트에게 특별한 자질을 모두 몰아넣고, 헌트를 돋보이게 하기 위해 다른 여성 캐릭터들을 상대적으로 멍청하고 돈을 밝히는 속물로만 그려냈다는 비판에서 자유로울 수 없다. 헌트라는 캐릭터가 남성들이 득시글거리는 하드보일드 세계에서 매우 특별한 주인공인 건 사실이지만, 이 특별한 여성 한 명을 만들어내기 위해 다른 여성들이 모두 희생되었다. 심지어 이 특별한 헌트마저 결국엔 '제대로 된 남자'를 만났을 때 그에게 기꺼이 다 바치겠다는 태도로 일관한다.

맥퍼슨은 스튜어트 제이코비라는 화가가 그린 헌트의 초상화를 응시하며, 가까운 곳에 살면서도 한 번도 마주친 적이 없던 이 매혹적인 여성에 대한 환상을 점점 키워간다. 심지어 헌트의 침실에서 발견된 싸구려 버번 스리 호시스 병에 대해 가정부가 증언하자, 새로 나타난 범죄 현장 증거물에 기뻐하기보다 자신이 가졌던 환상이 침범당하는 듯해 불쾌감을 느낀다. 맥퍼슨은 "풀을 먹인 하얀색 모슬린"과 "푹신하게 부푼 베개"가 단정하게 정돈된 헌트의 침대를 보며, "시와 꿈과 일기를 통해서만 사랑을 경험한 소녀의 방처럼 깨끗하고 평화"(82~83쪽)롭다는 인상을 받았었다. 그런데 알고 보니 침실에서 누군가(높은 확률로 남성)와 함께 싸구려 버번을 들이킨 흔적이 남아 있었던 것이다. 가정부 베시는 "헌트 양이 침실에서 남자하고 술이나 마시는 그런 여자로 비치면 안 되"기 때문에 전부 치웠다고 했다. 맥퍼슨은 자신이 착각했다는 사실을 인정하고 싶지 않다. "워낙 추악한 폭로이다 보니 그의 사고 체계가 어지러워졌"다고 느끼며, "그녀가 호텔을 드나드는 여자처럼 침실에서 남자와 술을 마셨"다는 사실을 "상상하기조차 싫었다."(84쪽)며 혼자 분노한다.

그러다가 맥퍼슨은, 살아 있는 헌트와 마주친다. 맨션에서 총에 맞아 죽은 여자는 헌트의 지인이었던 모델 다이앤이라는 사실이 밝혀진다. 충격과 환희에 사로잡힌 그는 이후 헌트에 대한 꿈을 꾼다. 초상화 속 헌트를 보며 사랑에 빠졌던 맥퍼슨은, 이제 살아 있는 것으로 밝혀진 헌트의 실체를 인정하기보다 헌트가 "여전히 죽은 사람"이라는 환상에서 쉽게 벗어나지 못한다.

"숨은 의미는 번번이 똑같았다. 그녀는 내가 닿을 수 없는 존재라는 것. 내가 다가가면 그녀는 그 즉시 허공으로 날아갔다. 혹은 달아났다. 아니면 문을 잠갔다. (…) 이 꿈에서 저 꿈으로 허우적거릴수록 간밤에 실제로 있었던 일보다 악몽이 더 실제처럼 느껴졌다. 식은땀을 흘리며 잠에서 깰 때마다 아파트에서 로라를 만난 게 꿈이었고, 그녀는 여전히 죽은 사람이라는 확신이 점점 더 깊어졌다."(143쪽)

어쩌면 맥퍼슨은 '죽어 있는' 헌트를 더 사랑했을지도 모른다. 헌트가 남자들의 관심에 전혀 수줍어하거나 얌전 빼는 성격이 아니었으며 가능한 한 신나게 즐겼다는 라이데커의 증언을 듣고 시무룩해지던 맥퍼슨의 태도를 보고 있노라면, "죽고, 사라지고, 천운이 다한 사람 앞에서 싹트는 특이한 애정에 대해 분석해본 적 있나?"(283쪽)라는 라이데커의 빈정거림이 그저 연적을 향한 질투심만이 아니라 꽤 정확한 지적이었다는 인상을 지우기 힘들다.

살아 돌아와서 여전히 약혼자의 신분인 카펜터와, 오랜 세월 정신적 연인 자리를 차지하던 라이데커 사이에서 고민하는 헌트의 모습 앞에서, 맥퍼슨은 헌트가 남긴 것들을 바라보며 키웠던 환상을 가까스로 거두고 현실로 돌아온다. 현실은 언제나 환상보다 덜 매력적이며, 고려하거나 재야 할 것도 훨씬 많다.

맥퍼슨만큼이나 헌트를 향한 라이데커의 환상 역시 뿌리 깊은데, 헌트를 알고 지내며 흠모했던 시간이 길었던 만큼 훨씬 더 집요하고 공격적이다. 라이데커는 로라 헌트 살인 사건을 보도한 일요일 자 신문을 탐독하면서 "맨해튼의 전설"(53쪽)이 된 헌트를, 자신은 어떻게 기릴지 고민한다. 문필가로서 저널리즘의 생리를 누구보다 잘 알던 라이데커는 "저질스러운 헤드라인 담당자들은 그녀의 비극을 '독신녀 살인 사건'으로 지칭했고, 순문학을 지향하는 어느 신문에서는 '이스트사이드에서 치정극을 벌인 로미오를 찾습니다'라는 제목으로 독자들의 호기심을 자극했다. 현대 저널리즘이라는 흑마술의 가공을 거치는 순간, 우아했던 아가씨는 파크 애버뉴와 보헤미아가 만나는 이 환상적인 동네에서 간계를 부린 위험한 요부로 둔갑했다. 베풀며 살았던 삶은 술, 욕정, 기만으로 점철된 향연으로 포장돼 대중의 호기심을 자극하고 신문사의 배를 불렸다."(53쪽)라며 분개하는 척하지만, 사실은 이 신문사들의 선정적인 헤드라인을 뛰어넘는, 젊고 아름다운 채로 갑작스럽게 살해당했기 때문에 더욱더 사람들의 뇌리에 오래 남게 된 헌트를 유려한 문장으로 근사하게 포장하고 환상을 부여하며 포박시킬 계획에 은밀하게 흥분한다.

"나는 돈, 연줄, 명성, 칼럼, 없는 무기가 없어, 로라. 오늘부터 전국 팔십 개 신문사로 배포되는 칼럼을 날마다 로라 헌트 이야기로 채울 거야. (…) 당신은 내 작품 속의 여주인공이 될 거야. 내가 만든 가장 위대한 작품이 될 거야. 수백만 명이 당신 이야기를 읽고 당신을 사랑하게 될 거야. 내가 당신을 말이지… 리지 보든보다 더 유명하게 만들 거야."(275~276쪽)

라이데커는 헌트를 사랑했지만, 헌트가 자신을 존경하고 좋아할지언정 사랑하진 않는다는 사실에 쓰라린 상처를 받았다. 그리고 헌트가 선택한 남자들을 헐뜯거나 그렇게 별 볼일 없는 남자에게 끌린 헌트의 나약한 면을 조롱하면서 자신의 상처를 덮었다. 헌트의 남자들을 경유하면서 헌트를 에둘러 공격하는 방식을 통해, 라이데커 자신이 환상 속에서 만들어낸 로라 헌트의 완벽한 상에서 벗어나는 현실 속 헌트의 선택들을 인정하지 않았고, 라이데커 자신이 꾸며낸 드라마의 주인공처럼 헌트의 삶을 조종하고자 했다. 그는 제이코비의 초상화를 두고 "감정에 치우친 작품"이라며 제이코비가 헌트를 짝사랑했던 마음을 비웃고, "부자연스러운 면도 있고 꾸민 티도 나는 작품이라 (…) 제이코비만 너무 전면에 드러났다."(63쪽)고 혹평했다. 그런 냉혹한 평가가 자기 글에도 적용될 수 있다는 점은 아예 생각도 하지 않는 것 같다.

죽었다고 생각했던 헌트가 실은 살아 있었음을 처음 알게 되는 장면 또한 매우 흥미롭다. 맥퍼슨은 작은 연극을 준비했고, 헌트가 거실에 앉아 있을 때 아무 정보도 없던 라이데커와 카펜터가 차례로 들어와 어떤 반응을 보이는지 살펴보고자 했다. 그때 라이데커는, 헌트에게 예전에 선물했던 골동품 유리 꽃병을 되찾아야 한다는 생각에 가득 차 있었다. 그래서 문을 열고 들어와 꽃병으로 향하던 도중에, 시야 끄트머리에 걸려 있을 살아 있는 헌트의 모습을 아예 인정하지 않고 삭제해버린다.

"자기중심적인 사람들은 자기가 보고 싶은 것만 본다. 그가 로라를 보지 못한 건 난시 때문이었다고 핑계 댈 수는 있겠지만, 나는 탐욕 때문이었을 거라 생각한다. 골동품 유리 꽃병만 쳐다보고 있었으니 거실의 나머지 부분은 그에게 하늘 아니면 사막이나 다름없었던 것이다."(173쪽)

그러나 헌트가 소리를 내서 어쩔 수 없이 라이데커는 고개를 돌려 헌트 쪽을 응시하는 수밖에 없었고, 순간 '죽어 있는 사람'처럼 바뀐다. "그의 안색은 시체보다 더 하얬다. 비틀거리거나 쓰러지지는 않았지만, 꽃병을 향해 팔을 뻗은 자세 그대로 얼어붙었다."(173쪽) 라이데커는 "딱하면서도 우스운 캐리커처"(173쪽) 같았고, "기계 인형" 또는 "태엽으로 움직이는 기계 장치" 같았다. 헌트는 정신이 나간 그를 침대에 눕히며 "다친 아이를 달래는 엄마"(174~175쪽)처럼 부드럽게 보살핀다.

생전에도 자신의 환상에 맞춰 재단하고 가꿔왔던 여성이 죽었다고 하자 제멋대로 더욱 부풀리며 자신의 펜

끝으로 '영생'을 부여하겠다고 호언장담해왔지만, 그 대상이 멀쩡히 살아 있다는 걸 깨달은 순간 라이데커의 충격은 감당할 수 있는 한계를 넘어선다. 자신의 '창조물'이라고 여겼던 여성의 실체와 맞닥뜨리고는 그만 정신을 잃고 쓰러질 수밖에 없었다. 그가 다시 기운을 얻는 순간은 나중에 헌트가 나약해지는 순간과 맞물린다.

헌트는 라이데커가 다이앤 살인 사건의 진범이 자신이라고 생각한다는 점 때문에 위축된다. 라이데커는 그 순간을 놓치지 않으며, 헌트가 "아파서 칭얼거리는 아이"인 것처럼 부드러운 압박을 가한다. 헌트의 표현에 따르면 다음과 같다.

"지금 이 상황이 현실처럼 느껴지지 않았다. 빅토리아시대의 소설에 등장하는 한 장면 같았다. 나는 그에게 손을 붙잡힌 채 무언가에 홀린 나약한 사람처럼, 고분고분하고 기운 없고 수심 가득한 머나먼 과거의 여인처럼 소파에 앉아 있었다. 반면에 그는 힘세고 고압적인 수호자로 돌변했다."(276쪽)

약혼자 카펜터의 경우는 조금 더 복잡하다. 맥퍼슨이나 라이데커와 달리, 카펜터는 사적으로 친밀한 관계를 맺었다는 점에서 좀 다른 각도로 헌트를 틀 지운다.

그는 남부의 훌륭한 가문 출신이지만, 20세기 중반 대도시 뉴욕에서 그런 출신 성분은 아무 의미도 없었다. 카펜터는 자기 힘으로 돈을 벌어야만 했다. 별 볼일 없는 직장을 전전하다가 헌트를 만났고 덕분에 광고 회사에 신입 카피라이터로 입사할 수 있었다.

삼십 대 중반에 가까운 나이의 훤칠한 남성이 자신보다 다섯 배나 많은 월급을 받는 약혼자의 부하 직원으로 일할 때, 여기서 '눈치'를 보게 되는 사람은 카펜터가 아니라 헌트다. 헌트는 "노예를 동원해 머리를 빗고 신발을 신는 그런 집안 출신"인 카펜터의 자존심을 세워주어야 연애가 평탄할 수 있다는 사실에 강박적으로 집착했다.

"미혼으로 삼십 대를 맞이하려니 불안해서 그를 사랑하는 척, 엄마 같은 마음으로 아끼는 척 14K 금담뱃갑을 선물하는 만용을 부렸다. 바람을 피웠을 때 속죄의 뜻을 담아 아내에게 난초나 다이아몬드를 선물하는 남자처럼."(253쪽)

헌트는 과거의 자신을 돌이켜보며 "셀비는 자신감이 없었다. 그래서 내 도움이 필요했다. 하지만 나에게 의지하는 자기 자신을 혐오했고, 의지하도록 내버려두는 나를 혐오했다."(247~248쪽)라고 뒤늦은 깨달음을 토로한다. 헌트는 자신이 카펜터를 "완벽한 생활을 완성하는 도구"(253쪽)로 이용했음을, 그러면서도 카펜터 역시 그런 사실을 알고 있기 때문에 자신에게 소심하면서도 다소 비열한 저항을 하고 있었음을 새삼 되새기며 자괴감에 시달린다.

소설에서 중요한 인물은 아니지만, 라이데커의 요리사 로베르토마저도 맥퍼슨과의 대화에서 헌트에 대한 자신의 견해를 당당하게 피력한다.

"타블로이드 신문들과 관점이 정확히 일치했다. 헌트 양은 착한 숙녀였고 로베르토한테도 늘 잘해주었지만, 라이데커 씨를 대하는 태도를 보면 댄스홀 접대부와 다를 바 없었다. 로베르토가 보기에 여자들은 다 똑같았다. 다들 견실한 신랑감을 거부하고 최신 댄스 스텝을 아는 만능 스포츠맨에 열광했다."(322쪽)

헌트에 대해서는 라이데커의 손님으로 올 때 보이는 피상적인 모습 외에는 아무것도 모르는 타국 출신 요리사마저도, '잘나가는' 젊은 여성에 대한 나름의 의견이 있는 것이다. 그 내용은 아주 부정적이다. 젊고 아름답고 능력껏 돈을 버는 여성일지라도, '잘생기기만 한 남자'를 뒤쫓는 게 아니라 외모가 덜 매력적이지만 자신을 정말 사랑하는 진정한 남자를 알아보고 그를 받아들일 준비를 갖춰야 한다는 훈계로 이어진다.

자신의 취향대로 남자들을 마음껏 만나며 청춘을 즐기는 여자는 '교활한 여우'로 취급되며 소문과 험담의 주인공이 되는 위험을 감내해야 한다. 심지어 처음의 착각처럼 살해당하기라도 했다면 가슴 아픈 추모와 윤색된 기억으로 각자 나름대로 아름답게 포장했겠지만, 헌트는 멀쩡히 살아 있었고, 대신 죽은 여성이 얽힌 삼각관계 스캔들까지 헌트에게 불똥이 튀며 그에 대한 악의적인 뒷이야기만 난무하는 것이다. 살아 있는 여자는 죽은 여자보다 더 가혹하게 심판당해도 억울해하지 말아야 한다.

하지만 헌트는 자신에게 투영되었던 남자들의 판타지에 자신을 비끄러매거나 포기한 채 주저앉지 않는다. 헌트는 남자들의 시선보다 자신의 마음의 행로에 더 혼란스러워하고 어려워한다.

"회사에서 레이디 릴리스 페이스 파우더나 직스 비누 광고를 기획할 때 내 머릿속은 질서정연하다. 환상적인 헤드라인을 뽑아내고, 통일성과 일관성과 주안점을 두루 갖춘 광고 문구로 이를 보좌한다. 하지만 내 자

신에 대해 생각하면 머릿속이 회전목마처럼 어지러워진
다."(238쪽)

헌트에게는 다이앤 살인 사건의 진범을 알아내는 것
이 정의를 실현하고 사회의 어두운 비밀을 파헤치는 것
이상의 의미를 지닌다. 끊임없이 남자들의 시선 아래 놓
인 채 품평 당하는 여성의 입장에서(헌트와 다이앤 모두 해
당된다.) 남자들의 이글거리는 욕망과 부적절한 판단을
'현명하게' 비켜가거나 적절하게 받아들일 줄 알아야 한
다는 압박의 정체를 똑바로 응시하고, 여기서 벗어나는
방법을 모색한다는 데 훨씬 큰 의미가 있다. 그래서 결
국, 욕망의 대상이었던 여성은 남성들 각자의 독점욕과
판단 기준에서 미끄러지고 자신의 목소리를 냄으로써 남
자들을 당황시키고, 자신을 규정짓는 것 같던 수많은 이
미지와 선입견의 호화찬란한 프레임을 파괴한다.

소설의 결말부로 갈수록, 남성들의 시선으로 그려진
'나의 로라'가 아니라, 타인에게 자신을 이해시키고 헌트
역시 자신의 어둠을 이해하는 과정이 이어진다. 다시 말
해 동시대 남성 작가들이 사회에 진출한 여성들을 무시
무시한 팜 파탈로 그렸던 것과 정반대의 방식으로, 헌트
는 이 누아르 소설 속에서 꿋꿋이 살아남는다.

"그녀가 그를 최대한 완벽한 남자로 만든 것만큼은 사실이다. 그런데 빈약한 남성성이 위태로운 지경에 이르고, 그녀의 여성스러움이 그가 감당할 수 있는 수준을 넘어서자 그는 악독하게 그녀를 없앨 방법을 찾기에 이른다. 하지만 그녀는 아담의 갈비뼈로 만들어져 전설처럼 파괴할 수 없는 존재, 그 어떤 남자가 그녀를 향해 독기를 발산하더라도 그녀를 멸하지 못하리라."(333쪽)

여성 작가가 하드보일드 누아르를 쓰면 이만큼 달라질 수 있는 걸까? 헌트는 지금까지 하드보일드 남성 작가들이 그려냈던, 다시 말해 남성 탐정의 냉정한 눈을 경유하여 시각화되는, 아름답지만 공허하고 사악한 여자가 아니다. 캐스퍼리는 선언한다. 그런 여자는 존재하지 않는다고. 그런 이미지는 그렇게 보는 남자의 문제이며, 그중 아무도 여성 캐릭터의 내면을 들여다볼 용기가 없었다고. '여자가 죽었고, 살아생전 여자의 과거에는 조금 점잖지 못한 구석이 있다'라는 비슷한 전제에서 출발하더라도, 캐스퍼리는 남성 작가들과 전혀 다른 결론에 도달했다. 로라 헌트는 화가가 최선을 다해 자신의 환상의 후광을 덮어씌운 초상화에서도, "물주의 존재를 온 세상에 알리려고 은색 여우털 재킷을 입고 다니는 잘나가는 창녀"(253쪽)의 입장에서도, 자존심에 상처 입은 채 투정 부리는 남자들을 다독거리고 배려하는 '엄마' 같은 애인의 위치에서도 벗어난다. 헌트는 '파괴할 수 없는 존재'이기 때문이다. 아니, 더 정확히 말하자면 애당초 남성 작가들이 그렇게 강렬하게 그려낸 팜 파탈 따윈 존재하지 않았기 때문이다.

도로시 휴스의 『고독한 곳에』[55]

이제 또 다른 소설에 대해 이야기할 차례다. 휴스의 1947년 작 『고독한 곳에』는 2차 세계대전이 끝난 후, 전쟁이 남성들에게 어떤 영향을 미쳤는지를 파헤친 누아르 소설이다. 종전 이후 미국의 대중소설이나 영화 등에서는 귀향 군인의 고통스러운 기억을 비참한 현재의 중요한 원인으로 설정한 작품이 쏟아져 나왔다. 하지만 『고독한 곳에』는 단호하게 다른 입장을 견지한다. 소설 초반부터 주인공 딕슨 스틸이 살인범이라는 사실이 밝혀지는데, 전쟁 때문에 남자들이 이렇게 힘들어졌고 왜곡되어 괴물로 변할 수밖에 없었다고 강변하는 내용이 아니라는 점이 중요하다. 스틸과 매우 가까웠던 전우 브루브가 신참 형사로서 열심히 일하는 모습을 대비시키며, 전쟁에서의

---

55 도로시 B. 휴스, 『고독한 곳에』, 이은선 옮김, 검은숲. 2012. 이후 작품의 인용구 쪽수는 괄호 안에 표기한다.

참혹한 경험이 어떤 이에게는 상처로 남았을지언정 이를 극복하고 미래를 새로 만들어가는 과정에서 전혀 다른 선택을 할 수 있음을 보여준다. 전쟁은 분명, 가능하면 일어나지 말아야 할 비극이지만, 개별적인 불운과 죄악을 모두 전쟁 탓으로 돌릴 수 없다는 사실을 브루브를 통해 강변한다.

스틸은 가난 때문에 학생 시절부터 삼촌 가게 일을 거들며 생활비를 벌어야 했기에 늘 수치심을 느꼈고, 프린스턴 대학에 입학한 후에도 부잣집 출신 동기들의 여유로운 생활을 곁눈질하며 자기혐오에 시달리고 운 좋은 이들을 향한 분노를 키워갔다. 그는 삼촌처럼 뼈 빠지게 일하며 돈이 모이더라도 벌벌 떨며 제대로 쓰지도 못하는 '쩨쩨한' 미래를 받아들이고 싶지 않아 차라리 '기식' 하는 쪽을 선택했다.

"딕슨은 스스로 취직을 하고 자립을 할 위인이 못 된다는 것을 알고 있었다. 그렇게 열심히 일을 하고 싶지 않았다. (…) 학교 안에서 그만큼이나 발붙일 곳을 찾지 못하는 돈 많고 질 나쁜 친구들에게 빌붙기 시작한 것이다. (…) 그들의 옷을 입고, 그들의 담배를 피우고, 그들의 술을 마실 수 있었다. 그들의 비위만 잘 맞춰주면 제법

만족스럽게 살 수 있었다."(183쪽)

스틸에게 전쟁은 "난생처음 행복을 맛본 시기"(184쪽)였다. 전쟁은 그에게 일종의 기회였다. 군대야말로 스틸에게는 처음으로 '평등'을 향유할 수 있었던 세계였다. 제복을 입으면 부잣집 아들이든 가난뱅이의 아들이든 동등하게 느껴졌고, 모두 똑같은 월급을 받았으며, 심지어 스틸 자신은 뛰어난 조종 능력을 인정받아 승진을 거듭했다.

"그는 맵시 있는 군복에 반짝반짝 광을 낸 구두를 신고 다녔다. 차는 필요 없었다. 그보다 더 멋진 게 있었으니까. 매끈하고 강력한 비행기가 있었으니까. (…) 아프리카, 인도, 영국, 오스트레일리아, 미국, 전 세계 어디에서든 원하는 여자를 마음껏 차지할 수 있었다. 세상이 그의 것이었다."(184~185쪽)

그리고 휴스는 냉정한 어조로 덧붙인다.

"그 세상이 워낙 생생하다 보니 다른 세상은 존재하지 않았다. 그는 전쟁이 끝난 뒤에도 다른 세상의 존재를 실감하지 못했다. (…) 막간을 평생으로 착각한 셈이다."(185쪽)

전쟁 이후 스틸은 돈 없고 별 볼일 없는 남자로 돌아

온 자신을 받아들이지 못한다. 세상은 다시금 불공평한 투쟁의 장소로 바뀌었다. 그는 예전처럼 일하면서 돈을 벌어야 했다. 전쟁이 끝나고 미국으로 돌아왔을 때 갑자기 늘어난 노동 인구로 인해 일자리 경쟁은 치열했지만, 사실 스틸이 그에 대해 짜증을 내는 건 좀 이상하다. 삼촌 가게라는 보장된 일자리가 있었기 때문이다. 대다수 귀향 군인들이 낙담한 것과 달리, 전투하는 사이 누군가 (여자들이) 그의 자리를 빼앗은 게 아니다.

스틸은 정당한 후계자이자 친족으로서 삼촌의 직원으로 계속 일할 수 있었지만 이를 거부한다. 그는 노동의 정직한(그에게는 보잘것없게 여겨지는) 대가를 사양했다. 별다른 계획 없이 캘리포니아로 건너갔고, 프린스턴 대학 시절 서로를 실컷 이용하던 부잣집 아들 멜을 우연히 만났다. 학생 시절로 돌아간 것처럼, 그는 머리 나쁜 부잣집 아들을 다시금 이용하기 시작했다. 스틸은 멜의 아파트에 머무르며 멜의 옷을 입었다. 이 생활이 언제까지고 지속될 수 없음은 분명하다. 소설 속에서 끊임없이 외부인들이 "멜은 어디 있어요?"라고 물을 때마다 스틸은 얼버무리고 회피한다. 확실히 서술되진 않았지만, 멜은 스틸의 유일한 '남자' 희생자인 것 같다.[56] 왜냐하면 스틸의 직접적인 분노와 지배욕은 언제나 여자들을 향하기 때문이다.

스틸이 여자들을 연쇄 살해하거나 살해 욕구를 느낄 때의 기준은 당연하게도 자기중심적이다. 그는 자신을 두려워하는, 혹은 (어두운 거리에서 마주치면) 자신을 두려워하게 될 여자들을 정확하게 선택하여 사냥한다. 예를 들어 지나치게 시끄럽고 호들갑스럽고 향수 냄새가 진한 여자를 바라보며 "저 목을 조이면 얼마나 엄청난 쾌감이 느껴질까"(83쪽)라고 중얼거리다가 모임 자리를 빠져나온 다음에는 잔인한 상상을 한다. "폐에 스민 모드의 향을 없애기 위해 심호흡을 했다. 그녀를 어두컴컴한 길모퉁이에서 만나면 좋겠다는 생각이 들었다. 그러면 인류에 이바지할 수 있을 텐데."(88쪽) 버스에서 내린 다음 밤길을 혼자 걸어가는 여성 뒤를 따라갈 때, 남자 발소리에

56 남성들을 향한 스틸의 태도는 다소 모호하다. 일단 돈 많고 게으른 멋쟁이 멜을 향한 스틸의 강력한 혐오는 반동성애에 가까워 보인다. 하지만 브루브를 향한 스틸의 애정은, 다른 여성들을 향한 스틸의 애정보다 훨씬 강렬해 보인다. 오랜만에 브루브와 재회하여 그의 집을 방문했을 때 스틸은 브루브의 결혼 사실을 뒤늦게 깨닫고 불유쾌한 감정에 사로잡힌다. "등이 켜진 아늑한 거실로 들어선 순간, 걸음걸이가 흐트러졌다. 전과 다르게 젊은 여자가 있었다. 이 자리에 앉을 권리가 있는 젊은 여자."(17쪽) 그러므로 멜을 향한 스틸의 혐오는, 동성애자이면서 스스로가 동성애자라는 것을 인정하고 싶어하지 않는 자의 자기 파괴적인 행위처럼 읽힐 수 있다.

불안해하는 여성이 걸음을 빨리하자 스틸은 그 여성의 불안을 음미하며 미소를 짓는다. 하지만 지나가던 차의 불빛이 환하게 비추자, 여성은 눈에 띄게 안심하고 스틸은 그만큼 낙담한다. "그녀의 발걸음에서 긴장이 풀린 것이 느껴졌다. 분노가 북처럼 그를 두드렸다."(10쪽) 혹은 자신이 사랑하는 여성이 유부녀임을 뒤늦게 알았을 때, 즉 여성이 스틸과 남편을 둘 다 사랑한다는 것, 자신에게 더 많은 사랑을 보낸 것이 아니라 남편에 대한 사랑을 포기하지 않은 상태에서 '여분' 정도의 사랑을 베풀었음을 뒤늦게 깨달았을 때 스틸은 격노했다.

무엇보다 스틸을 분노하게 만드는 대상은 그의 사랑과 진심을 받아주지 않는 거만하고 속물적이고 의심 많은 여성들이다. 자신을 두려워하지 않고, 그렇다고 해서 스틸의 남자다운 매력에 홀리지도 않은 채 자신의 머리 끝부터 발끝까지 "남자가 여자를 바라보는 눈빛"(42쪽)으로 응시하는 여성들. 첫 번째 예는 스틸의 전우였던 브루브의 아내 실비아다. 조용하고 영리한 실비아는 첫 만남에서부터 스틸에게 쉽게 곁을 내주거나 무조건 신뢰하는 눈빛을 보내지 않았다. 형사로 일하는 브루브조차 전우였기에 어떤 의혹도 품지 않고 수사 진행 상황을 은근히 캐묻는 스틸에게 이런저런 정보를 솔직히 알려주는 어리석은 짓을 저지른다. 실비아는 그런 남편에게 관대하게 미소 짓는다.

"내가 살펴볼게요. 브루브의 취향은 믿을 수가 없어요. 껍데기만 보고 그만이거든요. 나는 심리학자예요. 속을 들여다볼 수 있어요."(82쪽)

스틸은 실비아의 꿰뚫어보는 듯한 예리한 시선을 불편하게 감지한다. 그는 실비아에게 "상대방의 말과 표정과 미소 밑을 들추어 실상을 간파하는 재주"(166~167쪽)가 있다고 생각하며, 숨기는 것이 아주 많고 언제나 지극히 표면적인 화제만 입에 올리며 사람들을 속여나가는 자신의 태도와 대화법을 실비아가 이미 알아차렸을 것이라 짐작한다.

"그녀에게는 그의 숨겨진 모습을 파헤칠 권리가 없었다. 그를 있는 그대로 받아들여야 하는 거였다. 같이 있으면 즐거운 평범한 젊은 남자로, 그리고 남편의 오랜 친구로. (…) 브루브도 그를 의심하지 않았다. 하지만 실비아는 그의 얼굴과 말투를 살피고 나서 탐탁지 않다는 결론을 내렸다."(167쪽)

그는 젊은 여성이, 그것도 집에만 머무르는 가정

주부가 "대단하고 고상한 지적 능력"과 "빌어먹을 호기심"(167쪽)을 갖췄다는 사실을 인정하고 싶지 않았다.

두 번째 예는 로렐 그레이다. 스틸은 같은 아파트에 사는 그레이와 처음 마주친 순간부터 사랑에 빠졌다. 그는 그레이가 자신과 같은 유형이라고 생각한다. 외양은 매력적이지만 내면은 여전히 가난하고 성마르고 굶주려 있는 그런 사람, 가난을 타고났기 때문에 부를 타고난 사람들 옆에서 그 부를 어떻게든 나눠 가질 기회를, 가능하면 빼앗을 기회를 호시탐탐 노리는 기식자라고 생각했다. 그래서 자꾸만 그레이의 전남편 얘기와 현재의 애인들 이야기로 화제를 돌리려 애쓰며 그레이가 맞장구 쳐주기를 바란다.

"남자들이 돈을 다 대주니까 좋지 않아요? 늦잠도 자고 뭘 먹고사나 걱정하지 않아도 되고."(115쪽)

하지만 그레이는 스틸이 원하는 방식대로 순순히 움직여주지 않는다. 그는 그레이와의 첫 만남에서부터 "앞을 가로막고 서서 그를 머리끝에서부터 발끝까지 천천히 훑어보"(42쪽)는 시선을 낯설게 느꼈다. 지금까지 스틸이 만났던(정확하게는, 죽였던) 여성들은 사회가 요구하는 성역할에 충실히 맞춰 움직였다. 그들은 젊고 매력적인 남자 앞에서 다소 수줍어하거나 순진한 표정을 짓거나 애매하게 유혹적인 신호를 보냈다. 스틸은 그런 여성들 앞에서 사냥꾼, 추격자, 구애자의 위치를 확실히 점유했다고 느꼈을 때만 "비로소 남자답게 숨을 쉴 수 있었다".(225쪽) 반면 그레이는 결코 자신의 아파트 안으로 스틸을 들이지 않았고, 자신이 원할 때에만 스틸의 아파트를 찾아간다. 그럼으로써 자연스럽게 우월한 선택권을 먼저 차지했다.

"여기 이렇게 그녀의 맞은편에 앉아 머릿속에 쌓이는 그녀에 대한 지식을 음미하고 싶었다. 그는 그녀가 어떤 여자인지 알고 있었다. 우연히 마주쳤던 그날 저녁부터 알고 있었다. 하지만 기존 지식을 확인하는 과정에서 만족감을 느꼈다."(100~101쪽)

스틸은 그레이에게 건넬 술을 따라서 거실로 돌아왔을 때, 그레이가 "그가 움직임을 불어넣어 줄 때까지 꿈쩍 않고 기다리고 있었던 사람"처럼 그대로 앉아 있었다고 착각한다. "하지만 움직인 흔적이 있었다. 그가 발을 올려놓았던 신문이 그녀의 의자 옆으로 위치를 옮긴 것이다. 그녀는 잔을 받아 들고 말했다. '범인이 어디에서 또 범행을 저질렀는지 확인됐어요.'"(101쪽)

스틸이 저질렀던 살인 사건 뉴스가 신문에 대문짝만 하게 실렸고, 스틸은 그레이가 신문을 보지 못하도록 주의 깊게 발을 올려둔 채 가리려 했지만, 그레이의 눈은 신문을 놓치지 않았다. 그레이는 밤길을 홀로 걷는 여성을 죽인 흉악한 살인범의 행적에 대한 정보를 재빨리 머릿속에 입력한다. 스틸이 그레이의 매혹적인 몸매를 황홀하게 음미하며 자신이 이런 타입의 여자를 너무나 잘 안다는 착각에 빠져 '기존 지식'을 되씹는 동안, 그레이는 자신이 사는 로스앤젤레스의 밤거리의 안전을 실질적으로 위협하는 살인범에 대한 새로운 지식을 차곡차곡 축적하는 것이다. 스틸은 "보석처럼 반질반질하고 보석처럼 단단한 호박색 눈 뒤에 무엇이 숨겨져 있는지 파악하기가 쉽지 않"(230쪽)다는 걸 깨달으면서도, 계속해서 자신이 우위를 점하고 있고 그레이를 충분히 지배할 수 있을 뿐 아니라 자신의 옆에 붙잡아둘 수도 있다고 중얼거린다. 자기기만에 빠진 채로.

결과적으로 스틸이 로스앤젤레스를 공포에 떨게 했던 연쇄 살인 사건의 범인이라는 사실이 들통날 때까지, 그가 저지른 가장 큰 실수는 실비아와 그레이의 시선을 전혀 제어하지 못했거나 혹은 그들의 시선을 경솔하게 무시했다는 데 있다. 스틸은 실비아와 그레이, 정숙하고 교양 있는 가정주부와 영화계 진출의 야망을 불태우는 섹시한 팜 파탈은 결코 서로를 좋아하거나 인정하지 않을 것이라 믿었다. 그래서 두 사람이 같은 공간에 있을 때 서로를 바라보는 시선에 대해서도 "걸린 상품이 뭐가 됐건 여자와 여자가 만났을 때 늘 그런 것처럼 아주 살짝 거만한 눈빛으로 서로를 빤히 쳐다보고 있"(165~166쪽)다고 판단했다. 실비아가 조금 더 꺼림칙한 존재긴 하지만 그레이가 실비아의 판단을 존중하거나 귀담아들을 리 없으니, 자신의 흉악한 비밀과 정체성이 밝혀질 일은 없다고 믿었다.

스틸은 여자들이 두려움과 불안을 공유하며 서로의 지식을 비교해보고 정보를 나눠 가지는 네트워크를 구성할 수 있다는 사실 자체를 상상하지 못했던 것이다. 그에게 여자들이란, 그가 밤거리에서 마주쳐 쫓아갈 때처럼 무방비 상태로 홀로 존재하는 사냥감일 뿐이었다. 그는 여자들이 비밀스러운 공유와 교환의 계약을 맺으며 '혼자'가 아닌 상태로 자신에게 대항할 수 있다는 가능성을 염두에 두지 않았다. 그것이 그의 실패의 원인이다.

사냥꾼은 언제나 넓은 시야를 확보한 채 사냥감을

앞으로 몰아가고 있다고 믿었고, 자신을 속여 넘긴 괘씸한 여자를 직접 해치울 수 있다고 확신했다. "그녀가 돌아오면 그가 기다리고 있을 것이다. 그가 그의 방식으로 끝낼 것이다. 마지막을 의미하는 유일한 방식으로."(302쪽) 그러나 사냥감은 몰래 방향을 틀어 사냥꾼의 꼬리를 무는 지름길을 찾아냈고, 사냥꾼은 자신이 지금까지 헛것을 뒤쫓고 있었다는 사실을 너무 늦게 깨닫는다.

실비아와 그레이는 스틸이라는 (스틸이 자신에 대해 상상하듯) 매력적이고 탐스러운 상품을 놓고 게임을 벌이고 있던 게 아니었다. 스틸에게는 자아정체성에 대한 불안과 갈증이 몰려올 때 이를 해소하는 방식이자 게임이었던 살인이, 실비아와 그레이에게는 말 그대로 목숨과 안전을 담보로 한 내기였다. 그들이 몰래 공모하여 얻고자 했던 상품은, 스틸이 아니라 연쇄살인범을 제거한 뒤 평온과 안전을 되찾은 밤거리였다.

스틸은 브루브의 손에 체포되기 직전까지, 자신의 정체를 간파했던 실비아의 냉정한 판단을 믿으려 들지 않는다. "나는 당신을 처음 본 순간부터 이상한 낌새를 느꼈어요. (…) 이상해도 아주 이상하다고"라는 실비아의 말을 듣고도 그는 "알지도 못했으면서, 알 수도 없었으면서"(345쪽)라고 부인할 따름이다. 그는 밤거리를 활보하며 손쉬운 사냥감을 찾아다녔던 남성적 응시의 힘에 지나치게 도취되어 있었다. 하지만 여자들은 그의 시야의 맹점을 은밀히 찾아내 숨어들었고, 여성에 대한 그의 교만과 어리석음을 이용하여 뒤통수를 치는 데 성공했다.

"이 세상에 안달복달 애를 태울 가치가 있는 여자는 없었다. 다 똑같은 사기꾼, 거짓말쟁이, 걸레였다. 독실한 여자들도 사실은 남을 속이고 거짓말하고 몸을 팔 기회만 엿보고 있을 따름이었다. 그가 증명했다시피, 지금까지 몇 번이고 증명했다시피 그중에 괜찮은 여자는 없었다. 괜찮은 여자가 딱 한 명 있었는데 죽어버렸다."(264쪽)

자신이 멋대로 기대한 바를 충족시켜 주지 않거나 비대하게 부풀어 오른 남자의 소망에 관심조차 기울이지 않는 것이 여성들의 자율적인 선택일 수 있다는 사실을 전혀 고려하지 않고, 그것을 무조건 '배신'으로 치부하는 남자의 가련한 자기변명. 스틸의 이 거대한 착각은, 동시대 하드보일드 사설탐정들의 근사한 트렌치코트와 가벼운 고무창 운동화와 조심스럽게 감춰둔 권총이라는 낭만

적인 이미지가 가리고 있던 젠더 갈등과 여성 혐오적 시선을 노골적으로 누설하는 외침이다.[57]

결과적으로 휴스의 소설 『고독한 곳에』는 하드보일드 누아르 소설의 역사에서 굉장히 독특한 위치를 점하게 된다. 이는 사이코패스 연쇄살인범을 처음으로 등장시킨 작품이자, 전후 세대의 황폐한 내면을 (어떤 응석이

---

[57] 『고독한 곳에』가 1950년 니컬러스 레이 감독에 의해 영화화되었을 때 발생한 각색의 과정은 대단히 흥미롭다. 이 영화에는 험프리 보가트(여타의 하드보일드 누아르 영화에서 레이먼드 챈들러의 필립 말로, 대실 해밋의 샘 스페이드를 맡아 연기했던 하드보일드의 아이콘 격인 배우)가 딕슨 스틸로 출연한다. 시나리오 작가 스틸은 살인 혐의를 받지만 살인자는 아니다. 그는 폭력적이고 괴팍한 방식으로 격정을 분출하지만, 주변 사람들은 그의 선한 본성을 믿어준다. 그는 나쁜 남자지만, 알고 보면 좋은 남자다. 원작에서 스틸이 여자라는 생명체를 도저히 파악할 수 없어 아예 파괴해버리고자 하는 충동을 느끼는 것과 달리, 영화에서는 존재론적 불안에 시달리며 제멋대로 굴지만 알고 보면 사랑에 목마른 남자로 바뀐다. 그리고 소설에서 살해당하거나 살해당할 위험에 처한 여성들의 불안은, 영화에선 거칠기 짝이 없는 연인을 불안하게 응시하는 여성으로 바뀐다. 이기적인 마초는 결국 자신을 받아들이지 못하는 여성의 거절로 절망한다. 원작과는 확연히 다른 방식으로, 그는 어쨌든 여자를 소유하지 못한다. 그래서 그는 절망한다. 남자의 우울, 남자의 고독이 이 영화가 온통 집중하는 대상이다. 그래서 소설 『고독한 곳에』가 주인공 스틸에게 어떤 감정이입이나 공감을 할 여지를 전혀 주지 않는 냉혹한 하드보일드인 반면, 영화 〈고독한 곳에〉(한국 개봉 제목: 고독한 영혼)는 비통한 아름다움이 깃든 멜로드라마로 환골탈태했다. 여성의 몸을 관통하는 칼날이 사라진 대신, 안정을 희구하는 여성의 소망이 짓밟히는 정서적 폭력이 두드러진다. 가장 사랑하는 사람이 가장 위험한 존재일지 모른다는 의혹을 느끼는 순간, 사랑은 지속될 수 없다.
『나의 로라』의 원작자 캐스퍼리가 각색의 방향을 두고 영화 〈로라〉의 연출자 오토 프레민저와 불꽃 튀는 설전을 벌였다는 사실은 유명하다. 캐스퍼리가 소설에서 공들여 구축한 로라의 캐릭터를, 프레민저가 다시금 익숙한 팜 파탈의 이미지로 바꾸려고 했기 때문이다. 반면 『고독한 곳에』의 휴스가 레이의 (완전히 다른) 영화를 보고 어떤 생각을 했는지에 대해서는 딱히 알려진 바가 없다.

나 어리광도 받아주지 않은 채) 정면으로 다루는 작품이다. 휴스가 보았을 때 범죄자의 영혼은 우수에 젖어들게 하는 관조의 대상이나 오랜 시간을 기울여 악의 비밀을 캐내야만 하는 연구의 대상이 아니다. 그저 교정 받아 마땅한 비뚤어진 심리와 이에 따른 학살의 진원지일 뿐이다. 그리고 남자와 여자 사이의 전쟁 역시 상상력과 허구의 소산이 아니라 밤거리에서 매일매일 벌어지는 현실이었다. 휴스는 동시대 하드보일드 (남성) 작가들이 놓쳤거나 일부러 누락했거나 무시했던 진실을 그렇게 흔들림 없이 포착했다.

마거릿 밀러의 불안정한 여성들

캐스퍼리와 휴스와 비슷한 시대에 속했지만 하드보일드 장르의 작가로 보기에는 조금 애매한 작가의 이름을 호명하고 싶다. 바로 마거릿 밀러. 캐스퍼리와 휴스가 자신의 대표작을 1940년대에 발표한 것과 달리, 밀러의 명성은 1950년대 발표한 작품들로 공고해졌다. 밀러는 하드보일드의 대가로 불리는 작가 로스 맥도널드'의 아내'로도 잘 알려졌다. 당대에는 남편 맥도널드를 뛰어넘는 작가로 군림하였으나 사후 오랫동안 잊혔고(장르를 막론하고 수많은 여성 작가들이 겪는 부당한 대우다.), 2000년대 들어와 여성 미스터리 작가들이 재조명되면서 밀러의 작품 세계 역시 새롭게 평가받고 있다.

국내에 소개된 밀러의 1959년 작『엿듣는 벽』이나 1960년 작『내 무덤에 묻힌 사람』(모두 박현주 옮김, 엘릭시르, 2015/2016), 1955년 작『내 안의 야수』(조한나 옮김, 영림

카디널, 2011)[58] 모두 여타의 미스터리 소설들이 취하는 두 가지 방식, 즉 탐정이 주인공이거나 범인이 주인공이라는 틀에서 세련되게 빠져나간다. 밀러의 소설에선 어떤 사건이 발생하고 이에 연루된 여러 사람의 상황과 내면이 모두 동등하게 다뤄진다. 믿을 수 있는 정의로운 탐정 주인공/안심하고 계속 미워할 수 있는 악당 주인공이 존재하지 않는 상황에서, 독자는 어쩔 수 없이 계속 불안정한 상태로 이 사람 저 사람 사이를 둥둥 떠다니며 그들의 날카로운 감정 대립을 확인해야 한다. 그러면서 불안과 서스펜스에 사로잡힌 독서를 체험한다.

위의 작품들이 모두 결혼이라는 제도적 기반을 토대로 벌어지는 이야기다 보니, 하드보일드 소설들의 익숙한 배경인 대도시 뒷골목이 아니라 이전의 크리스티 소설들이 자리 잡았던 우아하고 따스한 교외 중상류층 저택으로 회귀한 인상을 준다. 그러나 공간은 과거로 돌아갔을지언정, 이 공간을 지배하는 정서는 트렌치코트를 입은 사설탐정들의 세계보다 더욱 날카롭고 신랄하다. 양차 세계대전 이후 사회 안정을 위해 가정의 안정을 과

---

58 이후 이 작품들에서 인용하는 문구들의 출처는 괄호 안의 숫자로 표기한다.

장하는 '홈 스위트 홈'의 신화가 강고하게 자리 잡던 시기, 캐스퍼리와 휴스가 남성과 여성의 대결 구도 속에서 남성성과 남성의 시선에 대한 선입견과 신화화를 경계하는 입장을 취했다면, 밀러는 여성 주인공의 입술을 통해 남성 신화의 허상을 쉴 새 없이 폭로하고, 결혼으로 꾸려진 중산층 가정의 단단해 보이는 벽에 귀를 갖다 댄 채로 그 안에 숨겨진 폭력과 피의 흔적을 써 내려갔다. 이를테면 『내 무덤에 묻힌 사람』의 주인공 데이지가 가족들이 자신에게 숨겼던 비밀을 알아내기 위해 사설탐정 피나타를 찾아간 상황의 묘사를 보라.

"'나는 막대사탕을 달라고 조르는 어린아이가 아니에요.' 아니지, 피나타는 생각했다. 당신은 다이너마이트를 달라고 조르는 성인 여성이야. 당신은 자신의 삶과 집을 좋아하지 않지. 그걸 아이와 함께 공유하는 게 두려운 거야. 그래서 모든 것을 하늘 높이 날려버리고 아름다운 파편들이 머리 위로 떨어지는 걸 보려는 거지."(94~95쪽)

『엿듣는 벽』에서는 다섯 명의 여성들이 등장한다. 에이미는 얼마 전 이혼한 친구 윌마를 위로하기 위한 멕시코 여행을 함께 왔다. 어쩌면 에이미의 남편 루퍼트와 모종의 관계를 맺었을지도 모르는 윌마가 추락사한다.

충격을 받아 거의 실성하다시피 한 에이미를 데려가기 위해 루퍼트가 달려오지만, 어찌된 영문인지 집에 도착했을 땐 루퍼트 혼자뿐이다. 그리고 멕시코 호텔방 벽에 귀를 대고 에이미와 윌마의 신경전을 엿듣는 종업원 콘수엘라가 있다. 루퍼트를 사모하는 사람 좋고 단순한 버턴 양, 시누이 에이미를 싫어하지만 남편 앞에서 차마 불만을 늘어놓지 못하는, 자신의 가정을 지키는 데에 혈안이 된 헐린도 있다.

이 여성들 모두 자신이 원하는 상과 바깥에서 보는 상이 다르며 그 간극에 대해 불만을 느끼지만, 각자의 사회적 위치와 계급, 바깥에서 기대되는 역할에 따라 불만을 표출하는 방식 또한 확연히 달라진다. 가장 제멋대로 사는 것처럼 보였던 여자는 불행한 결말을 맞고, 계급의 가장 아래쪽에 속해 있던 여자는 자신의 욕망을 겁 없이 발산하다가 광기에 휩싸이고, 가장 소극적으로 살던 여자는 예기치 못한 순간 날카로운 발톱을 살짝 내보인다.

"(루퍼트는) 버턴을 내려다보았다. 여자가 아니라 위험물, 꼼꼼하게 발화 핀을 제거해야 하는 시한폭탄을 보는 듯한 표정이었다."(168쪽)

『엿듣는 벽』에서 '살인범이 누구인가'는 그리 중요

한 문제가 아니다. 심지어 마지막의 반전조차도, 어떤 해명도 덧붙여지지 않은 채 그저 툭, 우리 발 앞에 내던져질 뿐이다. 별다른 이유 없이 죽은, 사실 그럴 필요 없었는데 날씨와 기분의 타이밍이 더럽게 맞지 않아 그렇게 되고 만 어떤 운 나쁜 시체처럼.

대신 독자를 사로잡는 것은 살아 있는 여자들이다. 여자들의 머릿속에 더럽고 치사하며 어두운 생각들이 어떤 식으로 불쑥 비밀스럽게 출몰했다가 예쁜 외관 뒤로 얼른 숨어버리는지, 타인에게 그것을 내보이지 않기 위해 얼마나 조용하면서도 치열한 전투를 벌이는지에 관한 묘사야말로 『엿듣는 벽』의 백미다. 길리언 플린의 『나를 찾아줘』보다 70여 년 앞서 밀러는 믿을 수 없고 수상쩍은 여자들을, 남자들에게 그리고 사회적으로 통용되던 '이상적인 여성상'에 언제든 충격을 안길 수 있는 여자들을 그려냈다.

물론 남자들도 등장한다. 여자들의 욕망과 분노를 불러일으키며, 그들의 가정이 불안한 토대 위에서 가까스로 안정을 유지하는 정도로 허약한 건축물이었음을 가장 뒤늦게 깨닫는 인물들. 자신들이 여자를 보호하고 아껴줘야 한다고 생각하지만 여자들의 전쟁에서 질 수밖에 없는, 그렇게 패배해야만 다시금 공인된 제도 안에 안주할 수 있는 인물들.

갑자기 그는 옆으로 손을 뻗어 여자가 기대고 있는 문을 잠갔다.
여자는 그가 머리에 주먹을 날리기라도 한 양 움찔 물러섰다.
"왜 그런 거예요?"
"그래야 밖으로 떨어지지 않을 테니까."
그래야 널 밀어버리고 싶은 충동을 느끼지 않을 테니까.(294쪽)

"경찰은 당신을 찾을걸요. 내가 아니라."
"우리 중 누구를 찾든지 간에, 한쪽을 찾으면 다른 쪽도 함께 잡히는 거야. 알겠어? 함께라고. 죽음이 우리를 갈라놓을 때까지."(308쪽)

하지만 『엿듣는 벽』에선 어디까지나 여자들의 결투가 우선이다. 정숙하고 평온한 아내·부인·연인의 역할만 요구받던 여자들의 마음속에 몰아닥치는 광기는 아주 조용히, 천천히 드러나기 때문에 주변 사람들이, 독자들이, 혹은 그 자신마저도 이 변화를 눈치채기 힘들다. 그러나 일단 드러나는 순간, 고요한 광기는 '부엌 조리대 위의 식칼' 같은 무시무시한 존재가 된다.

"식칼은 계획된 살인에 쓰이는 도구가 아니다. 긴급 상황에, 느닷없이 화가 나거나 두려울 때 무심코 집어 쓰기 마련이었다. 남자들은 빨리 공격이나 방어를 해야 한다면 습관적으로 주먹을 쓰기 마련이다. 여자들은 뭐든 머릿속에 제일 먼저 떠오르거나 주변에 있는 것을 집는다. 식칼은 부엌 조리대 위에 놓여 있었을 것이다. 누군가 집기를 기다리면서."(269쪽)

우아한 외면 아래 치사스럽고 더러운 내면을 숨기고 있는 사람들에 대해 기술하는 방식은 여러 가지가 있을 것이다. 그중에서 밀러는 벽에 가만히 귀를 대고 자신의, 그리고 다른 사람들의 마음속에 도사린 벌거벗은 심리와 좌절된 욕망을 엿듣고 정확히 기술하는 쪽을 선택했다. 대개 그 무대는 가정이며, 주요 등장 인물은 가족 구성원들이다. 서로를 믿지 못하고 심지어 증오하는 남편과 아내, 어머니와 딸, 장모와 사위 들. 밀러는 플린 이후로 폭발적으로 증가한, 21세기 영미권 범죄소설의 가장 확실한 유행 장르인 가정 스릴러를 이미 1950년대에 선취하고 있었던 것이다. 불안하고 불길한 여자들의 영혼 근처를 서성거리는 야경꾼으로서 말이다.

마지막 첨언. 캐스퍼리의 『고독한 곳에』가 남성 사이코패스 살인마를 처음으로 정면으로 다룬 작품이라면, 밀러의 『내 안의 야수』는 여성 사이코패스(이자 다중인격자) 살인마라는 충격적인 주제를 선택했다. 가족과 사회가 자연스럽게 강요하던 여성성의 기준에 못 미친다고 여기며 자신을 혐오한 나머지 타인의 젊음과 아름다움을 훔치려 했던 이(스포일러가 되기 때문에 이름을 밝힐 수 없는)의 파멸은 참으로 가차 없었다.

이 인물은, 스틸처럼 구구절절하게 변명을 늘어놓지 않는다. 전쟁으로 얻은 고난과 사적인 고통을 뒤섞으며 남들을 원망하고 투정을 부릴 수 있는 젊은 남성과, "돼지털을 어떻게 실크로 만들겠니?"(288쪽)라든가 "네가 받게 될 벌은 네 모습 그대로 사는 거다. 그런 모습으로 살아가야 하는 것도 벌이지."(144쪽)라고 냉담하게 판결 내리는 가족에게 서서히 짓눌리다가 자신의 미래를 알아서 결정짓는 젊은 여성의 차이라고 해야 할까. 아니면 애초부터 둘에게 제시된 선택지의 차이일까.

"시간이 해결해줄 거예요. 다시 좋아질 거예요."

"조용히 해." 그녀가 말했다. "당신은 거짓말을 하고 있어."(289쪽)

4장

페미니즘을 마주한 탐정들

어맨다 크로스의 페미니스트 탐정,
케이트 팬슬러

잘 알려졌다시피 여성 작가들이 앞세운 여성 사설탐정 주인공이 확실하게 주류에 안착한 것은 1980년대부터다. 그렇다면 1960~70년대는 그런 흐름에서 완전히 비켜간 시대일까? 물론 그렇지 않다. 1980년대의 성과에 기여한, 작지만 분명한 몫을 주장할 수 있는 두 사람에 대해 짧게나마 언급하고 싶다. 하나는 작가(어맨다 크로스)이고, 또 하나는 여성 탐정 캐릭터(코넬리아 그레이)다.

크로스는 컬럼비아 대학교에서 종신재직권을 받은 최초의 여성 문학 교수였던 여성주의 문학자 캐롤린 하일브런의 필명이다. 정확하게는 미스터리 소설 '케이트 팬슬러' 시리즈를 쓰는 작가로서의 필명이 어맨다 크로스다.[59] 하일브런은 자신이 왜 필명 뒤에 숨어 미스터리

---

59 캐롤린 하일브런의 저서 중 국내에 번역된 작품으로는 『셰익스피어에게 누이가 있다면: 여자들에 대한 글쓰기』(김희정 옮김, 여성신문사, 2002)와 『글로리아 스

소설을 쓰기 시작했는지에 대해 다음과 같이 고백한 바 있다. "나 자신을 위한 공간을 만들고 싶은 마음이 굉장히 열렬했던 것 같다." 어린아이 셋과 아직 박사 학위를 따지 못한 남편을 돌보는 엄마/아내의 사적 정체성, 그리고 종신교수직을 얻고자 열망하는 조교수라는 공적 정체성을 숨 가쁘게 오가면서 둘 중 어디에도 속하지 않는 '나'를 위한 제3지대로서 소설을 선택했다는 뜻이다.

"아이도 없고 결혼도 하지 않고 타인의 생각 따위에는 관심도 두지 않는, 부자이고 아름다운 새로운 인물 케이트 팬슬러, (…) 나는 그녀에게 모든 것을 다 준 다음 그녀가 무엇을 할 수 있는지 보고 싶었다."

자족적인 환상으로서 출발한 케이트 팬슬러는 시간이 지나면서 자신의 창조자인 크로스와 함께 천천히 진화했다. "어떤 일이 일어났다. 바로 여성운동이었다." 크로스와 팬슬러는 페미니즘의 관점을 점점 더 과감하게 드러냈다.

"기이하게도 그녀〔팬슬러〕는 더 이상 환상 속의 인물이 아니라 절망감과 싸우면서도 풍부한 위트와 유머로

타이넘: 아름다운 페미니스트』(윤길순 옮김, 해냄, 2004)가 있다. 어맨다 크로스라는 필명으로 발표한 소설은 아직까지 정식으로 소개되지 않았다.

희망을 잃지 않으려는 한 나이 든 여성이 되었다. 뻔뻔스러울 정도로 용감하게, 우리의 오래된 가부장적 방식들을 끊임없이 분석하면서 그 안에서 견뎌야 하는 이유를 찾고자 하는 여인인 것이다."[60]

1964년 작 『최후의 분석In the Last Analysis』에서 처음 등장한 팬슬러는 아마추어 탐정의 계보를 잇는 인물로서, "요리와 청소를 질색하기 때문에 그 부분을 돈으로 해결"하며 "독립적이고 성공적이며 자신감에 차 있는 전문직 여성"[61]으로 그려졌다. 뉴욕에 위치한 대학교의 문학 교수가 본업이지만, 학계에서 벌어지는 각종 살인 사건을 문학 지식으로 해결하는 아마추어 탐정이기도 하다. 그리고 팬슬러가 마주하는 학계의 사건들에는 "성차별과 여성 혐오적 측면"이 두드러진다고 한다.

1981년에 발표된 『종신직의 죽음Death in a Tenured Position』의 설정은 상당히 통렬하다. 재닛 맨덜봄은 "페미니스트가 아니라는 점 때문에 하버드 대학교에서 여성으로서 최초로 문학부 종신교수직을 받았다". 그리고 맨

60 『셰익스피어에게 누이가 있다면: 여자들에 대한 글쓰기』, 179쪽, 182~183쪽, 193~194쪽.

61 Birgitta Berglund, 「Desires and Devices: On Women Detectives in Fiction」, 『The Art of Detective Fiction』, p. 146.

덜봄은 "청산가리로 독살 당한 채 남성 화장실에서 굴욕적인 자세로 발견된다". 이 사건을 조사하게 된 펜슬러는 맨덜봄이 "남성 동료들로부터의 잔인한 적대감과 다른 여성들로부터의 경멸에 굴복하고 말았다."고 생각한다. 소설의 결말에는 이런 문장이 등장한다고 한다. "죽음만이 재닛에게 우호적이었다."[62]

한국에서는 아직 미스터리 작가로서의 크로스의 작품들이 낯설기에, 1980년대 여성 미스터리 작가로서 하나의 이정표를 세웠던 새러 패러츠키가 크로스에 대해 어떤 마음을 품었는지를 소개함으로써 갈음하도록 하겠다. 툭하면 "여자는 그런 거 하면 안 돼."라는 금지의 언어에만 둘러싸인 채 책에서 지식의 길을 찾아 헤맸던 어린 패러츠키는 스무 살 무렵이던 1960년대 중반, 크로스의 『최후의 분석』을 접하고는 이전까지 읽었던 미스터리 소설 속 주인공과 전혀 다른 인물을 마주쳤을 때의 충격에 대해 "커다란 막대기로 어깨 사이를 얻어맞는 것 같았다."고 회상했다.

---

62 Marlowe Benn, 「Crime in a Tenured Position: The Feminist Mysteries of Carolyn Heilbrun」, 〈crimereads.com/crime-in-a-tenured-position-the-feminist-mysteries-of-carolyn-heilbrun/〉.

"도로시 세이어스의 피터 윔지처럼 행동하는 여성, 사회 상류층들의 구역을 세련되게 거니는 여성, 두려움 없이 권력에 맞서고 경찰과 학계 모두를 당혹스럽게 만드는 위트를 갖춘 여성—내가 기다려왔던 존재는 낭만적인 남자 영웅이 아니라 케이트 팬슬러 같은 사람이었다."

패러츠키는 1960년대가 "낙관주의와 믿을 수 없는 가능성을 품고 있던 시대"였다면서, "캐롤린 하일브런이 어맨다 크로스와 케이트 팬슬러를 만들어낸 1963년" 바로 그 해에 요한 23세 교황 역시 "제2차 바티칸 공의회를 개최하여, 교회의 창문을 열어 신선한 바깥 공기가 들어올 수 있게 하자고 제안"했음을 지적한다. "역사적으로 반유대인/반여성적인 기조를 유지했던 거대한 조직이 변화하겠다는 의향을 보였을 때, 세상의 모든 것을 얻을 수 있는 가능성이 열린 것 같았다."

그로부터 10년가량의 세월이 더 지나는 동안, 패러츠키는 계속해서 미스터리 소설을 읽는 충실한 독자였지만 "좀더 경계하면서 독서했다."고 적는다.

"팬슬러는 그전까지 내 앞에 나타났던 무수한 남성 영웅들로부터 거리감을 갖게끔 만들었다."

패러츠키가 팬슬러와 크로스야말로 "나 자신의 목소리로 글을 쓸 수 있도록 중요한 힘을 발휘한 존재"[63]라고 단언할 때, 여성 작가들의 계보에 대해 다시금 숙고하게 된다.[64] 1960년대의 하일브런-크로스는 보수적인 남성 중심 학계에서 고군분투하며 연구 활동을 계속하는 가운데 발생하는 감정들을 미스터리 픽션을 통해 해방시켰고 답답한 현실에 균열을 낼 수 있는 존재인 페미니스트-교수-아마추어 탐정을 만들어냈다.

당시만 해도 그런 존재는 정말 '가상'으로만 존재할 수 있는 것처럼 보였지만, 15년 뒤 상황은 달라졌다. 그런 존재에 대한 글을 읽으면서 성장한 젊은 작가들이 차례차례 등장하며 불가능해 보였던 상황을 별안간 가능하게 만든 것이다. 여성이 미스터리 소설의 주인공으로서, 사

---

63 패러츠키의 회상은 모두 다음 글에서 인용하였다. Sara Paretsky, 「Remarks in Honor of Carolyn Heilbrun」, 《Tulsa Studies in Women's Literature》, Fall, 2005, Vol. 24, No. 2, University of Tulsa, pp. 241~245. 〈https://www.jstor.org/stable/20455235〉.

64 하일브런 역시 『셰익스피어에게 누이가 있다면』에서 선배 작가 도로시 세이어스에 대해 썼다. 자신이 세이어스의 미스터리를 처음 접했을 때 "그녀의 위트와 지성, 그녀가 묘사한 여성 공동체나 도덕적 세계를 통해 나는 새로운 삶의 가능성을 엿보았다. 세이어스의 소설은 하나의 팬터지를 제공했다. 사실 탐정소설은 모두 다 팬터지라고 할 수 있지만, 적어도 세이어스의 팬터지는 오랜 세월 여성에게 처방되어 온 낭만적 팬터지가 아니었다는 점이 중요하다."(77쪽)면서 자신이 속한 계보의 시작점을 밝혔다.

건을 파헤치고 결국 성공리에 문제를 해결하는 핵심 인물로 활약하고, 정의롭지 않은 사회의 온갖 부조리를 직설적으로 비판하는 작품들이 쏟아져 나온 것이다. 아무도 그들의 소리를 듣지 않는 싸움터에서 혼자 달려가는 것처럼 외롭게만 보였던 절실한 집필 활동이, 결국엔 가늘고 길고 끈질기게 이어지면서 멋진 계보를 만들어냈음을 확인할 수 있다.

젊은 코델리아 그레이의 고난

두 번째 인물, 탐정 코델리아 그레이에 대해 이야기할 차례다. 아마추어가 아닌 직업인으로서의 여성 사설탐정의 가능성이 다시금 제기된 것은 P.D. 제임스의 1973년 작 『여자에게 어울리지 않는 직업』(이주혜 옮김, 아작, 2018)을 통해서다. 1893년에 등장했던 러브데이 브룩의 뒤를 잇는 전문 탐정이 80여 년 만에 모습을 드러낸 순간이다.

제임스는 1962년 『그녀의 얼굴을 가려라Cover Her Face』로 우아하고 지적인 애덤 달글리시 경감이 등장하는 미스터리 시리즈를 시작했다. '애덤 달글리시' 시리즈는 "양차대전 사이 흥미진진하면서도 뛰어난 장인의 솜씨로 완성된 '누가 범인인가' 미스터리(세이어스의 '피터 윔지' 시리즈는 예외로 두자.)와, 점차 현대적으로 진화한 영국 탐정 이야기 사이에서 다리 역할을 수행한다. 즉 영국 탐정 이야기가 오늘날 문학의 최고 지위를 획득한 현대적인 탐정소설로 육화하는 과정에서 어떻게 진화했는지를 보여주는 예"(『죽이는 책』, 298쪽)라는 평가를 받았다. 그리고 1973년, 새로운 탐정 코델리아 그레이가 등장하는 장편소설 『여자에게 어울리지 않는 직업』[65]이 출간되었다. 이는 『그녀의 얼굴을 가려라』가 보여준 '고전' 추리소설의 현대적 진화에서 한 발 더 나아간 단계를 보여주는 작품이었다.

『여자에게 어울리지 않는 직업』은 버니 프라이드의 자살로 이야기를 시작한다. 런던경시청 강력범죄과 소속 경찰이었던 프라이드는 형사로 잘 나가지 못하고 병으로 일찍 퇴직해서 탐정사무소를 차렸더랬다. 부모를 모두 잃고 무일푼이었던 코델리아 그레이가 임시 파견직으로 프라이드의 탐정 사무실에서 일하다가, 아예 동업 제안을 받고는 명판에 '프라이드 탐정사무소(공동 대표: 버나드 G. 프라이드, 코델리아 그레이)'라고 이름을 올린 게 불과 두 달 전 일이다. 하지만 프라이드는 죽어버렸고, 스물두 살의 그레이는 다시 한 번 혼자가 되어 이 탐정사무소를 어떻게든 이끌어야만 한다. 주변에선 "자기, 이제 새 직

---

65 이 책의 인용문은 '코델리아 그레이' 시리즈의 두 번째 작품 『피부 밑 두개골』과 구분해야 할 때 (『직업』, 쪽수)로 표기한다.

업을 구해야겠네? 어쨌든 혼자서 그 사무실을 유지할 수는 없잖아. 여자에게 어울리지 않는 직업이니까. (…) 자기 어머니가 혼자 일하게 허락하지 않을 거 아니야."(29쪽)라는 충고(라고 포장된 오지랖)를 던지며 은근히 그의 난처한 처지와 불행을 즐긴다. 그레이는 단호하게 대꾸한다.

"아직은 아니에요. 당장은 새 일자리를 알아보지 않을 겁니다."(32쪽)

그리고 거짓말처럼 사건 의뢰가 들어온다. 케임브리지 대학교를 중퇴한 청년 마크가 입술에 희미한 립스틱 자국을 남긴 채 목을 맨 시체로 발견됐고, 마크의 아버지이자 저명한 미생물학자 로널드 칼렌더 경은 아들이 자살로 내몰린 원인을 찾고 싶다며 사건을 의뢰한다. 그레이는 긴장된 마음으로, 반드시 이 일을 잘 해내고 싶다는 결의를 다지면서, 프라이드가 알려준 '범죄 현장 감식 장비 가방'을 꼼꼼하게 챙긴 다음 길을 나선다.

"이런 사전 준비 작업이야말로 사건을 조사하는 과정 중 가장 흡족한 부분이었다. 아직은 지루함이나 불쾌함이 끼어들기 전이고 기대가 환멸과 실패로 바스러지기 전이었다."(68쪽)

그레이가 탐정 역사에서 특별한 위치를 차지하는 것은 여성 탐정이라는 사실뿐만이 아니다. '어린 여성' 탐정이라는 게 중요하다. 부모님은 모두 돌아가셨고, 대학교에 진학하여 그럴듯한 학위를 딴 것도 아니며, 그나마 탐정업에 발을 들여놓게 했던 선배 프라이드조차 잃었으니, 이제 그레이는 어떻게든 혼자서 탐정 일을 해나가야만 한다. 그는 노동계급에 속한 여성으로, 물려받을 물리적/정신적 유산이 없다. 지금 가진 장점이라면 일을 잘해내겠다는 열의와 성실성밖에 없는, 그래서 아직 악의 실체를 알지 못한 채 세상에 용감하게 뛰어들 수 있는 무모함으로 가득한 존재다. 그것도 대충, 얼렁뚱땅 우당탕탕 해내는 것이 아니라, 썩 잘해내서 적절한 보수와 인정을 받아 자립해야만 한다.

수수께끼 풀이처럼 추리를 즐기는 취미의 영역에 마음 편하게 머물 수 없고, 여성의 위치가 확보되지 않은 경찰 조직에 들어갈 수 없는, '사수'로부터 짧은 시간 훈련 받은 게 전부인 '신입사원'으로서의 사설탐정. 그레이에게 탐정 일은, 입에 풀칠할 수 있을 정도의 생활비를 벌어야 하는 유일한 생존 기술이나 다름없다.

"죽음에 대한 두려움은 세속적인 괴로움에 비하면

덜 거슬렸다. 킹리 거리의 탐정사무소 임대계약이 끝나면 어떻게 될까? 미니 자동차가 교통국의 자동차안전검사를 통과할 수 있을까? 탐정사무소에 더 이상 일이 들어오지 않으면 모즐리 여사에게 뭐라고 말해야 하나? 같은 일들. 어쩌면 부유하고 성공한 사람들만이 죽음에 대한 병적인 공포에 빠질 수 있을지도 모른다. 세상 사람들 대부분은 죽음이 아니라 삶에 대처하기 위해 에너지가 필요했다."[66]

자신은 미처 깨닫지 못하지만, 사실 그레이는 뛰어난 탐정이다. 그의 지성과 용기, 정직하고 순수한 마음가짐은 윤리적인 직업인으로서 마땅히 갖춰야 하는 좋은 자질이다. 약점이라고 한다면, '어린 여성' 탐정에게 때때로 엄습하는 자신 없음과 경험 부족에서 나오는 미숙함이다.

"무릎을 점잖게 모으고 어깨가방은 발치에 내려놓고 거기 앉아 있자니 불행히도 프라이드 탐정사무소의 유일한 소유주이자 성숙한 직장 여성이라기보다는 첫 면접을 앞두고 열의에 가득한 열일곱 살 소녀처럼 보일지

---

[66] P.D. 제임스, 『피부 밑 두개골』, 이주혜 옮김, 아작, 2019, 193쪽. 이후 이 책의 인용문은 (『두개골』, 쪽수)로 표기한다.

도 모르겠다는 생각이 들었다."(『직업』, 73~74쪽)

자신을 볼 때마다 '당신처럼 젊고 예쁜 여자가'라고 운운하는 타인들의 평가 앞에서는 냉정하게 되받아칠 수 있지만, 그레이는 마크 칼렌더 사건을 조사하면서 숨겨진 악의와 비틀린 내면을 마주할 때마다 상처받고 자신감이 떨어져 남몰래 힘들어한다.

"그녀의 마음이 괴로운 건 단지 수면 부족 때문이 아니었다. 처음으로 그녀는 자신이 두려워하고 있음을 깨달았다. 악이 존재했다. 악의 존재를 이해하기 위해 수녀원에서 받은 교육은 필요하지도 않았다. 악은 바로 이 방에 존재했다. 여기 사악함이나 무자비함, 잔인함, 탐욕보다 더 강력한 뭔가가 있었다. 악."(『직업』, 239쪽)

『여자에게 어울리지 않는 직업』과 (그리고 5년 뒤인 1982년에 출간된) 후속작 『피부 밑 두개골』에서 인생의 쓴맛 단맛을 다 보고 환멸과 배신감과 상실감에 젖어 죽음을 향해 천천히 다가가는 중장년들은 입을 모아 그레이에게 훈계와 조언을 가장한 상처를 입히는 데 열중한다. 어떤 이는 "내가 아가씨였다면 (…) 다른 사람 일에 사적으로 너무 깊숙이 관여"(『직업』, 88쪽)하는 일 따윈 하지 않겠다며 충고하고, 끔찍한 일을 겪은 뒤 하룻밤이라도 푹 자고 나서 체력을 회복한("신체적으로만 보면 지난 보름 동안의 사건은 코델리아에게 어떠한 상처도 남기지 않았다.") 그레이를 향해 놀랍게도 분노 섞인 목소리로 "당신은 놀라울 만큼 건강해 보이는군요!"(『직업』, 321쪽)라고 책망하거나, "당신은 아직 인간에 대해 발견하지 못한 게 많아, 그렇죠? 당신이 사악함이라고 부를 법한 그것이 바로 인간의 핵심이에요."(『직업』, 276쪽)라는 냉소적인 궤변을 늘어놓는다. 그런 게 삶이라고, 인간이라고, 인간은 원래 욕망의 유혹에 쉽게 굴복하는 나약하고 이기적인 존재기 때문에 인간에 대한 순진한 믿음과 기대를 가져봤자 당신 같은 젊은이는 상처받을 뿐이니까 조용히 물러나라는 협박에 가까운 경고를 주워섬긴다.

그럴 때마다 그레이는 상처받지만, 그런 궤변을 받아들이지 않고, 항변하고, 거절한다. 상처받고 겁에 질리더라도, '난 아직 어리니까'라는 핑계와 변명 뒤로 숨지 않고 눈앞에 드러나는 악에서 시선을 돌리거나 도망치지 않는다. 끊임없이 비틀거리면서도 그레이는 자신에게, 타인에게 거짓말하지 않은 채 앞으로 나아간다. 사건을 해결하면서 그레이는 조금씩 성장하고, 다음 사건을 맞이할 만큼의 용기와 의지를 키운다.

"그녀는 살았고 생각할 수 있었다. 그녀는 언제나 생존자였다. 이번에도 반드시 살아남을 것이다."(『직업』, 250쪽)

많은 경우 미스터리 장르에서의 사설탐정은 풋내기가 아닌 일정한 나이대의 남성으로 설정된다. 마음에 안드는 타인과 모종의 관계를 맺을 때나 위계질서를 강요당할 경우 즉각 반발하고 일부러 불퉁거리고 냉소적인 유머로 외부의 공격에 맞서는, '비열한 거리'를 홀로 걸어가는 고독한 카우보이 같은 인물 말이다. 레이먼드 챈들러가 에세이 『심플 아트 오브 머더』에서 말한 것처럼 "이 비열한 거리에서 홀로 고고하게 비열하지도 때 묻지도 않고 두려워하지도 않는 남자는 떠나야 한다".[67]

그러나 제임스는 가장 상처받기 쉽고 위협과 조롱의 대상으로 자주 불려 나오는 젊은 여성을 '어울리지 않는 직업'에 위치시켰고, 그가 장애물(이라고 남들이 말하는 것)을 어떻게 극복하는지를, 젊은 여성에 대한 연민과 공감을 잃지 않은 채 감상적이지 않은 태도로 그레이에게 품위와 진실성을 부여하면서 설득력 있게 묘사했다. 그

---

67 레이먼드 챈들러, 『심플 아트 오브 머더』, 최내현 옮김, 북스피어, 2011, 35쪽.

레이는 편견과 조롱에 굴하지 않는다. 의혹으로 가득하거나 시시콜콜 평가하려 드는 시선에, "젊은 여자의 상상력이란 너무 생생해서 악명이 높고"(『두개골』, 544쪽) 등의 평가에, 결코 굽히지 않는다.

"그녀라고 그런 생각을 해보지 않았을까? 몇 달을 기다려 여러 차례 심문을 받고, 재판의 트라우마를 견디고, 의혹을 담은 눈길을 받으며, 그녀를 거짓말쟁이나 더 나쁘게는 홍보 효과를 노리는 신경질적인 여자로 몰아갈지도 모르는 평결을 받아야 한다는 사실을 생각해보지 않았을까?"(『두개골』, 545쪽)

하지만 그레이는 반듯하게 허리를 편 채, 윤리 의식을 아주 조금만 구기면 여러모로 편해질 수 있다는 유혹을 받지만 "나는 편안함에 익숙한 사람이 아니라서요."(『두개골』, 545쪽)라고 정중하게 거절한 뒤 자신의 길을 간다.

이것이야말로 비열한 거리를 걸어가는 정직하고 믿을 만한 사람의 초상이 아니라면 무엇이겠는가. 이야말로 우리가 믿고 사건을 맡기고 싶은 그런 탐정이 아니겠는가. 코델리아 그레이는 탐정 역사상 가장 윤리적인 인물이었을지도 모른다.

오토 펜즐러는 『여성 탐정 교본The Big Book of Female Detectives』에서, 1960년대부터 시작되어 1970년대까지 꾸준히 세력을 키워나간 페미니스트 운동이 미스터리의 세계 속으로 점점 진입해 들어왔음을 지적한다. 이 현상의 선구자로서 크로스가 제시한 탐정 케이트 팬슬러와 제임스가 창조한 탐정 코델리아 그레이는 대단히 강렬하고 영감을 주는 롤 모델이었다. 그리고 1977년, 마샤 멀러가 『강철구두를 신은 에드윈Edwin of the Iron Shoes』을 통해 강인한 탐정 샤론 매컨을 세상에 소개했다. 이후 1982년에 멀러의 '샤론 매컨' 시리즈의 두 번째 작품이 발표되었고 동시에 수 그래프턴의 '킨지 밀혼' 시리즈, 새러 패러츠키의 'V.I. 워쇼스키'[68] 시리즈가 등장했다.

---

68 '킨지 밀혼' 시리즈의 첫 번째 작품은 『여형사 K』(정한솔 옮김, 큰나무, 1994)이며, 'V.I. 워쇼스키' 시리즈의 첫 번째 작품은 『제한 보상』(황은희 옮김, 검은숲, 2013)

이들은 레이먼드 챈들러의 필립 말로나 대실 해밋의 샘 스페이드에게 매혹되었던 독자였으나, 이 냉소적이고 고독한 선배들의 행로를 1980년대 여성의 시점으로 재구성하며 새로운 탐정소설의 지평을 열었다. 그러므로 《NPR》이 1982년을 "하드보일드 역사의 특징적인 순간"으로 기록한 것은 참으로 올바른 판단이다. 그래프턴과 패러츠키, 멀러와 함께 리자 코디, 엘리너 테일러 블랜드 등의 작가들이 합류하면서, "대부분 남자 전용 클럽이었던 곳의 문에 달린 자물쇠를 따고 들어갔다". 그 여성들은 기존의 남성 하드보일드 작가들의 "성차별적이고 인종차별적이며 이민자배척주의적인 클리셰"를 던져버림으로써 "탐정소설이 다시금 중요해지도록 이끌었다".[69]

여성 '프로페셔널' 탐정들의 존재가 자연스러워지면서 미스터리 소설에서 주인공으로 등장하는 여성들의 형상도 다양해졌다. 퍼트리샤 콘웰의 '법의학자 케이 스카페타' 시리즈, 토머스 해리스가 창조한 FBI 요원 클래리

이다. 참고로 『여형사 K』라는 난감한 제목으로 국내에 소개된 작품의 원제는 'A is for Alibi'다.

69 Maureen Corrigan, 「A Is For Appreciation: How Sue Grafton Helped Transform The Mystery Genre」. 〈https://www.npr.org/2018/01/02/575068781/a-is-for-appreciation-how-sue-grafton-helped-transform-the-mystery-genre〉.

스 스탈링, 스티그 라르손의 '밀레니엄' 시리즈 속 불세출의 주인공 리스베트 살란데르, 리사 마르클룬드의 '기자 안니카' 시리즈, 앤 클리브스의 '베라 스탠호프' 시리즈 등 인상적인 탐정(직업적으로든, 은유적으로든)이 각자의 영역을 일궈 나갈 수 있게 되었다. 물론 시리즈가 아닌 독립적 단행본을 쓴 인상적인 작가들과 그들의 주인공도 잊을 수 없다. 루스 렌들(이자 바버라 바인), 로라 리프먼, M.C. 비턴, 타나 프렌치, 길리언 플린, 폴라 호킨스, 소피 해너, 메건 애벗 등은 우리의 책장을 풍요롭게 채워 준 장본인들이다.[70]

이들이 만들어낸 거대한 미스터리의 세계가 불과 100여 년 전만 해도 실현되기 그리 쉽지 않은 상황이었음을 다시금 기억한다. 19세기 말, 20세기 초의 여성 작가들이 내놓은 미스터리는 수많은 제약 아래 쓰였고, 눈으로 확인할 수 있는 실질적인 롤 모델이 거의 보이지 않는 상황에서 온전히 시대를 앞선 상상력만으로 여성 탐정/범죄자 주인공을 만들어내야 했다. 여성의 목소리 자체

---

70 그리고 지금까지 쓴 글이 전부 영미권 미스터리만 다루었다는 한계를 인정하면서, 이 목록에 인상적인 여성 탐정과 범죄자를 창조해낸 현대 일본 여성 작가들을 덧붙이고 싶다. 기리노 나쓰오와 미야베 미유키, 와카타케 나나미.

가 '특이점'으로 받아들여지는 시절이었던 것이다.

20세기를 천천히 가로지르며 조금씩 수가 불어났고 적극적으로 목소리를 내기 시작했던 여성 작가들이 마침내 21세기에 이르러서 미스터리의 '핵심'으로 떠올랐다. 급기야 2016년에 이르러서는 "여성들이 최고의 범죄소설을 쓰고 있는 중이다."[71]라는 선언까지 등장한다.

역사가 그렇게 바뀌고, 범죄소설 속 영웅의 모습도 과거와 사뭇 달라졌다. 그 영웅은 더 이상 울퉁불퉁한 근육의 마초거나 알코올과 담배에 찌든 채 뒷골목에서 총을 겨누는 터프가이의 형상에 갇혀 있지 않다. 아주 다양한 인종과 체형과 연령대의 여성들이 기세등등하게 그 형상을 부숴버렸다.

그리하여 지금 우리 앞에는 곧장 찾아 읽을 수 있는 여성 작가들의 미스터리의 풍요로운 목록이 길게 이어지고 있다. 내가, 당신이 손을 뻗어 꺼내주기를 고대하는 무수한 책들의 목록 말이다.

---

71 Terrence Rafferty, 「Women Are Writing the Best Crime Novels」. 〈https://www.theatlantic.com/magazine/archive/2016/07/women-are-writing-the-best-crime-novels/485576/〉.

메멘토문고·나의독법 03

여자에게 어울리는 장르, 추리소설

시체가 아닌 탐정이 되기로 한 여자들

초판 1쇄 발행 2022년 3월 10일

지은이 김용언

교정   박기효

디자인 위드텍스트 이지선

펴낸이 박숙희

펴낸곳 메멘토

신고   2012년 2월 8일 제25100-2012-32호

주소   서울시 은평구 연서로26길 9-3(대조동) 동양오피스텔 301호

전화   070-8256-1543   팩스 0505-330-1543

이메일 mementopub@gmail.com

ⓒ 김용언

ISBN 978-89-98614-91-1 (세트)

ISBN 979-11-92099-02-6 (04800)

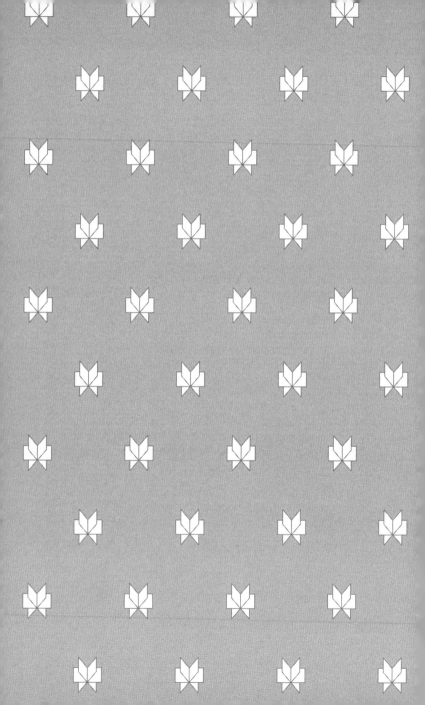

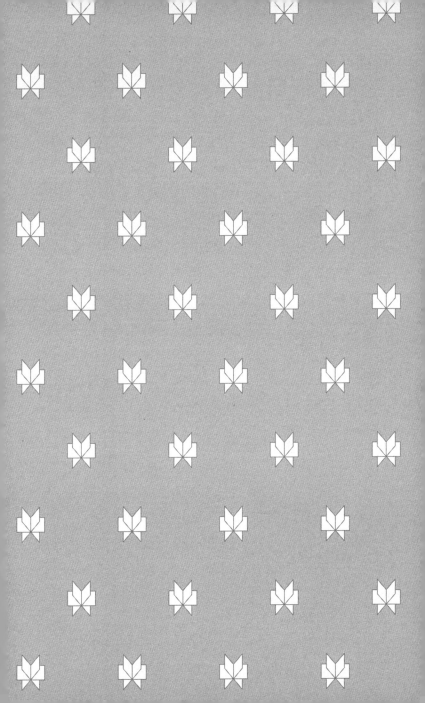